Ferdinand von Quast

Die Romanischen Dome des Mittelrheins zu Mainz, Speier, Worms

AF130246

Anatiposi

Ferdinand von Quast

Die Romanischen Dome des Mittelrheins zu Mainz, Speier, Worms

Unveränderter Nachdruck der Originalausgabe von 1853.

1. Auflage 2023 | ISBN: 978-3-38205-202-7

Anatiposi Verlag ist ein Imprint der Outlook Verlagsgesellschaft mbH.

Verlag: Outlook Verlag GmbH, Zeilweg 44, 60439 Frankfurt, Deutschland
Vertretungsberechtigt: E. Roepke, Zeilweg 44, 60439 Frankfurt, Deutschland
Druck: Books on Demand GmbH, In de Tarpen 42, 22848 Norderstedt, Deutschland

DIE

ROMANISCHEN DOME DES MITTELRHEINS

ZU

MAINZ, SPEIER, WORMS.

KRITISCH UNTERSUCHT UND HISTORISCH FESTGESTELLT

DURCH

F. v. QUAST.

BERLIN.

VERLAG VON ERNST & KORN.

1853.

SEINEM VEREHRTEN FREUNDE

J. F. LANGE

PROFESSOR IN MARBURG

ZUGEEIGNET.

I.

EINLEITUNG.

Eine hervorragende Stellung unter den Monumenten des Mittelalters nehmen anerkanntermaafsen die drei grofsen mittelrheinischen Dome zu Mainz, Speier und Worms ein. Sie bilden, nach einer Richtung hin, die Spitze dessen, was die deutsche Baukunst, ehe sie von der fremdländischen, d. h. französischen oder sogenannten gothischen, wesentlich umgeändert wurde, aus sich selbst geschaffen hat. So wie letztere die höchste Blüthe aller vorangehenden Bestrebungen im nördlichen Frankreich darstellt, so kann man Aehnliches von jenen mittelrheinischen Monumenten für Deutschland behaupten. In beiden zeigt sich das gleichmäfsige Bestreben, die traditionell überkommene Form der Basiliken zum consequenten Gewölbebau auszubilden.

Die Franzosen gelangten auf diesem Wege zur Ausbildung des Typus der sogenannten gothischen *) Bauweise, indem sie mit unglaublicher Consequenz Schritt für Schritt ein Moment nach dem andern bis zur Vollendung des Ganzen hinzufügten, und so eine Bauweise schufen, welche in dieser letzten Vollendung geeignet war auch den anderen Völkern als Vorbild zu dienen und alle vorhandenen Lokalarchitekturen zu stürzen, um nach Verlauf einiger Jahr-

---

*) Ich bediene mich hier wie anderwärts dieses gemeinühlichen Namens, nicht, weil er etwa dem Wesen dieser Architektur oder ihrem geschichtlichen Herkommen entspräche, was er nicht thut, sondern weil sich eben kein falscher Nehenbegriff mehr damit verbindet, wie bei anderen neuerdings vorgeschlagenen, als: deutsche, germanische, spitzbogige Baukunst u. dergl. Es fehlt uns leider ein so innerlich passender Name, wie ihn die Franzosen in ihrem *ogive*, *architecture ogivale*, hahen, welches Wort in der mittelalterlichen französchen Sprache vom lateinischen *augere* gehildet wurde, also Vermehrungs- oder Verstärkungshaukunet hedeutet. Erkennt man als innerstes Prinzip der gothischen Baukunst die durch fortgesetzte Theilungen und Vermehrungen der Stützen ermöglichte consequente Durchführung des Gewölbebaues, so ist jener Name so bezeichnend wie nur irgend möglich.

1

hunderte, als sich ihr Organismus bereits aufzulösen begann, von einem älteren noch lebenskräftigeren Systeme, von dem sie selbst durch Mittelglieder hervorgegangen, gleichfalls wiederum gestürzt zu werden.

Wenn die gothische Baukunst als die Durchführung des consequenten Gewölbebaues mit Zugrundelegung der Basilikenform zu erkennen ist, so finden wir ähnliche Tendenzen gleichzeitig, wie in anderen Ländern, so auch in Deutschland, und hier zunächst in den Frankreich benachbarten Rheingegenden hervortreten. Dabei ist es aber doch sehr auffallend, dafs die niederrheinische Baukunst, deren Vorort die Stadt Cöln ist, diesen Bestrebungen sich wenig anschlofs, vielmehr vorzugsweise auf die Ausbildung der Kuppelform über der Durchschneidung des Kreuzes hinstrebte. Durchgebildete Gewölbe-Basiliken finden sich in dieser Bauregion, welche zugleich als die des Tufsteins zu bezeichnen ist, nur selten, und die Mehrzahl derselben gehört erst einer späteren Zeit an, wo schon speziell französisch-gothische Einflüsse nicht mehr zu verkennen sind.

Anders ist es dagegen am Oberrhein, wo schon das Material, der dunkelrothe Sandstein vom Mayn und Neckar, einen von dem weichen Tufstein des Niederrheins völlig verschiedenen Charakter zeigt. Am Oberrhein erkennt man in den ausgezeichneteren Beispielen einen im Detail zwar weniger ausgebildeten, zum Theil sogar barbarisch rohen Charakter (im Gegensatz gegen die zierliche Ornamentik der meisten norddeutschen Architekturschulen): dagegen aber ein Bestreben, jenen Mangel durch Gröfse und Erhabenheit der Monumente zu ersetzen. Hiezu war nun nichts geeigneter, als die Verbindung des ausgebildeten Gewölbebaues mit dem herrschenden romanischen Bausysteme. Dadurch wurde es möglich, bei ungewöhnlicher Breite des Hauptschiffes, demselben eine bedeutendere Höhe, als es bisher üblich war, zu verleihen, durch Gruppirung der Pfeiler- und Säulenbündel den Blick zum mächtigen Gewölbe emporzuheben und sodann denselben die Perspektive des Schiffs entlang dem Chorschlusse entgegenzuführen, vor welchem die Kuppel des Kreuzes in bis dahin unbekannter Mächtigkeit emporstrebte. Das Phantastische des Aeufseren der letzteren, mit den dieselbe krönenden Gallerien, von je zwei hohen Thürmen flankirt, bildet aber doch nicht so den Mittelpunkt des ganzen Baues, wie wir es an den gleichzeitigen Cölnischen Kirchen vorherrschend finden. Schon die Verdoppelung dieser Kuppelanlagen an beiden Enden des Schiffes, jede Kuppel von ihren Doppelthürmen begleitet, schwächt den Eindruck jeder einzelnen derselben: noch mehr aber die Verbindung mit dem gigantischen Langhause, das wesentlich als Hauptsache des ganzen Baues hervortritt, und daher auch auf den Beschauer mit seinen riesigen Mauermassen den vorzüglichsten Eindruck macht.

Es sind dies Eigenschaften, welche die mittelrheinischen Dome mehrentheils mit den französisch-gothischen Cathedralen theilen; aber welch ein wesentlicher Unterschied ist doch wieder zwischen den durchbrochenen Wänden der letzteren, welche fast bis auf die nach allen Richtungen hin gegliederten und alle Horizontalen durchschiefsenden Strebepfeiler verschwunden sind, und den fast kahlen Wänden, und den ruhigen Abschlufslinien jener deutschen Dome! Wir verzichten auf die weitere Hervorhebung der Verwandtschaft sowohl, wie der grofsen Unterschiede beider, da sie zugleich auf die Entwicklung der Prinzipien der gothischen Baukunst führen würde, welches Thema an diesem Orte ein zu weitläuftiges wäre, um hier weiter durchgeführt zu werden. Dagegen erlaube ich mir im Nachfolgenden meine Ansicht über die Zeit mitzutheilen, wann jene Repräsentanten der deutsch-romanischen Gewölbebaukunst errichtet wurden, da hiedurch allein die Basis zu einer genaueren Würdigung ihres Verhältnisses zu den französischen Cathedralen sowohl, als auch zu den übrigen deutschen Schulen, namentlich zu der hier zunächst in Frage kommenden niederrheinischen, gewonnen werden kann.

Dafs die drei Dome zu Mainz, Speier und Worms in einem inneren Zusammenhange mit einander stehen, dürfte eine nicht bestrittene Thatsache sein. Ein solches nahes Verhältnifs ist aber nur möglich, wenn man annimmt, dafs sie entweder alle drei einem von ihnen verschiedenen vierten Bauwerke nachgebildet sind, oder dafs eins derselben den Typus, der ihnen eigen ist, zuerst feststellte, den dann die anderen aufnahmen und weiter ausbildeten. Ein bestimmtes Muster, dem sie alle drei direct nachgebildet wären, ist nicht nachgewiesen worden, weshalb auch eine solche Behauptung bisher von Niemand aufgestellt worden ist; doch kann damit nicht verneint werden, dafs nicht einige oder mehrere der charakteristischen Merkmale jener Architekturen bereits anderwärts und früher ausgebildet vorhanden gewesen wären. Diese Behauptung läfst sich sogar im Einzelnen mehrfach ganz bestimmt erweisen. Dagegen bin ich der Ansicht, dafs vor ihnen, namentlich in Deutschland,

1 *

kein Gebäude von solcher Mächtigkeit wie die genannten vorhanden war, das man als unmittelbares Vorbild jener Dome ansehen könnte. Die Architektur bildete an ihnen vielmehr selbst ein bis dahin in solcher Bedeutsamkeit nicht vorhandenes Muster einer Bauweise aus, die anderen wieder zum Muster dienen sollte.

Wenn ich von diesen drei Domen rede, so versteht es sich von selbst, dafs ich darunter nur diejenigen Theile derselben verstehe, welche den wesentlichen Charakter derselben bestimmen, oder so zu sagen ihren Hauptkörper bilden. Es gehören ihnen aber auch Theile an, welche entweder älter oder auch jünger als wie jene Haupttheile sind, und deshalb bei dieser Frage aufser Betrachtung bleiben. Bei der näheren Untersuchung der einzelnen Gebäude werden jene auszuscheidenden Theile näher bezeichnet werden.

Das wesentlichst Charakteristische jener Architekturform ist nun das mit Gewölben überspannte Langschiff, das, wenigstens in der Structur des Innern, bereits die wesentlichen Momente der gothischen Cathedrale zeigt, während nicht nur in dem durchaus allein herrschenden Rundbogen, sondern überhaupt in allen weiteren Ausbildungen der Details, in der Anordnung des Aeufseren u. s. w. der völligste Gegensatz zur gothischen Bauweise herrscht. Der erste Blick lehrt, dafs der Gewölbebau hier nicht etwa, wie so häufig am Niederrhein, einem älteren Basilikenbau mit flacher Decke später eingefügt wurde, was dann aus der ganzen Structur dieser Mischgebäude leicht zu erkennen ist, auch da, wo man über den Gewölben auch nicht mehr die ältere Wandmalerei an den Gewänden vorfindet, wie beispielsweise zu St. Castor in Coblenz oder zu St. Georg in Cöln. Die vor den Pfeilern vorliegenden und mit ihnen aus denselben Werksteinen gebildeten Gewölbträger der Seitenschiffe nicht minder, wie des Mittelschiffes jener drei Dome geben den sicheren Beweis, dafs diese Gewölbe gleich bei Grundlegung der Pfeiler beabsichtigt wurden, während die spätere Vorsetzung dieser Gewölbträger in der St. Georgskirche zu Cöln, in der Apostelkirche daselbst, in den Liebfrauenkirchen zu Halberstadt und Magdeburg, im Dome zu Seckau, zu St. Paul im Lavantthale u. s. w. u. s. w. gerade das Gegentheil beweist.

Bei einem jeden der obigen drei Dome wird, wie schon oben gesagt wurde, das Langhaus jederseits durch einen achteckigen Kuppelbau abgeschlossen. Bei jedem erhebt sich eine dieser Kuppeln, und zwar stets die bedeutendere unter ihnen, über einem Querhause, welches das Langhaus von dem Altarhause trennt. In

Speier und Worms liegt dieses Querhaus, wie gewöhnlich, östlich vom Langhause; in Mainz aber gegen Westen, weil hier der westliche Hochaltar des heiligen Martinus den Vorrang vor dem östlichen, ursprünglich dem heiligen Stephanus gewidmeten erworben hatte. In Speier erhob sich vor den Zerstörungen des Jahres 1689 auch die westliche Kuppel über einem Querhause, das aber mehr als Thurmhaus mit Seitengiebeln über der westlichen Vorhalle anzusehen ist. Seitwärts wird jede dieser Kuppeln, wie gleichfalls schon oben erwähnt wurde, von je zwei schlanken Thürmen flankirt, die in Speier eine viereckige, zu Mainz und Worms aber eine runde, oder doch wie die westlichen des Doms zu Mainz eine polygone Grundform zeigen.

Das Mittelschiff*) wird in Mainz und Worms durch je fünf, in Speier aber durch sechs ziemlich quadratische Gewölbeabtheilungen gebildet, wogegen die Seitenschiffe jedesmal die gedoppelte Zahl quadratischer Gewölbeabtheilungen erhielten, deren jede mit dem Mittelschiffe durch einen Rundbogen verbunden ist. Die Hauptpfeiler, auf denen die Gewölbe des Mittelschiffs aufruhen, sind etwas reicher gegliedert als wie die Zwischenpfeiler, und jedesmal mit einer schlank aufsteigenden Halbsäule, zur Stütze des Hauptgewölbegurts, versehen. In Mainz hat dieser Hauptpfeiler keine anderweitige Gliederung als wie jene vorspringende Halbsäule. In Speier und Worms aber steht dieselbe erst vor der Mitte eines viereckigen Vorsprunges, so daß letzterer auch dem ganzen Kreuzgewölbe des Mittelschiffs als Träger dient. Das Kapitäl der Halbsäule stützt daselbst nur den Hauptgurtbogen des Mittelschiffs, während in Mainz die ganze Last der Gewölbe auf dem einen ungegliederten Säulenkapitäle auflagert.

In allen drei Domen steigen die einfach viereckigen Zwischenpfeiler an der oberen Wand lissenenartig empor, um sich im Halbkreise mit den ähnlich aufsteigenden Vorsprüngen der Hauptpfeiler zu vereinigen. In Mainz geschieht dies noch, ziemlich unorganisch, unterhalb der oberen Fenster, so daß hierdurch eine Art Blendarkade gebildet wird, die aber niemals geöffnet war. In den beiden

---

*) Siehe auf den beifolgenden Tafeln II., III. und IV. das System der Architektur des Innern der Schiffe der drei Dome nach gleichem Maasstabe, jedoch ohne Aufmessung, nur nach dem Augenschein an Ort und Stelle aus freier Hand gezeichnet. Von jeder Hauptgewölbeabtheilung, *travée* (leider fehlt uns auch für dieses wichtige Wort im Deutschen der bezeichnende Ausdruck), ist ein Längendurchschnitt und ein Grundriß, letzterer im halben Maasstabe gegeben; die Buchstaben der seitwärts gezeichneten Details bezeichnen die Stelle, wo sie sich an der Architektur befinden.

anderen Domen aber umschliefsen jene Rundbögen, die in Speier noch durch eine vor den Zwischenpfeilern vortretende mittlere Halbsäule unterstützt werden, die oberen ziemlich grofsen Fenster, deren je eins über einem unteren Bogen, also je zwei innerhalb einer jeden Gewölbeabtheilung des Mittelschiffs liegen. In Worms werden noch in den am vollständigsten ausgebildeten Gewölbeabtheilungen (sie sind sich nirgend völlig gleich) Blendarkaden, wie jene in Mainz, aber reicher gegliedert, zwischen den unteren Rundbögen und den Fenstern zwischengeordnet; mitunter werden diese Blenden auch, anstatt durch einen Rundbogen, durch Lissenen, die durch einen Rundbogenfries mit einander verbunden sind, eingefafst. Etwas oberhalb der unteren Rundbögen läuft in jeder dieser Anlagen ein Gurtgesims quer durch, das in Mainz und Speier sich stumpf gegen die vorspringenden Pfeilervorsprünge verläuft, in Worms aber, wenigstens bei den Hauptpfeilern, sich durch alle Vorsprünge desselben und der Halbsäulen verkröpft. In Speier findet zwar keine solche Verkröpfung statt, aber etwas unterhalb der Flucht dieses Gesimses wird die Halbsäule des Hauptpfeilers durch ein Zwischenkapitäl unterbrochen, das die ganze Anordnung in zwei übereinandergestellte Halbsäulen abtheilt. Das Profil des Gesimses zeigt in Mainz und Speier nur die einfach schräge Schmiege, in Worms aber hat es eine ziemlich reiche Gliederung. Die gegenwärtigen Gewölbe des Mittelschiffs sind überall in den drei Kirchen nicht mehr die ursprünglichen, sondern wahrscheinlich nach Bränden erneuert, obschon sie der ursprünglichen Anlage sich anzuschliefsen bestrebt sind. Sie sind in Mainz und Worms gegenwärtig spitzbogig und mit gothisch profilirten Kreuzrippen versehen.

Die kleineren quadratischen Kreuzgewölbe der Seitenschiffe scheinen jedoch überall noch wesentlich der ursprünglichen Anlage anzugehören. Zu ihrer Stütze treten jedesmal, an den Wänden, wie an den Pfeilern, Halbsäulen hervor, die in Speier und Worms noch durch vortretende Pfeiler verstärkt werden.

Das Aeufsere des Langhauses ist in Mainz und Worms sehr einfach: die Wände sind nur von den grofsen einfach profilirten Rundbogenfenstern durchbrochen, zwischen denen Lissenen angeordnet sind, die unter dem Hauptgesimse mit einem Rundbogenfriese verbunden werden. Durch die innere Gewölbeanordnung bedingt, sind stets je zwei und zwei Fenster der zwischeninne liegenden Lissene näher gerückt. In Speier aber sind die eigentlichen Wände ganz glatt, nur von den Fenstern durchbrochen. Dagegen wird das Mittelschiff nicht minder wie das Querhaus und das Altarhaus, so wie ehemals auch der westliche Vorbau, von einer auf Säulen gestützten Rundbogengallerie umgeben, die der ganzen Architektur einen grofsen Reichthum verleiht. Auch die östlichen Altarnischen zu Mainz und Worms (letztere ist im Aeufsern geradlinig) erbielten diesen Scbmuck, der auch allen Kuppeln der drei Dome verliehen wurde.

Die Maafse dieser Kirchen sind sehr bedeutend. Das Schiff des Domes in Mainz hat bei einer lichten Breite von 50 rheinischen Fufsen gegen 100 Fufs Höhe. Der Dom in Speier hat reichlich diese Höhe, doch ist das Mittelschiff hier nur 44 Fufs breit. Alle drei übertreffen in ihren grofsartigen Maafsen bei weitem alle übrigen rundbogigen Gewölbkirchen Deutschlands; ja selbst unter den gothischen Kirchen daselbst giebt es nur wenige, welche diese Maafse erreichen oder sie gar übertreffen. Der Cölner Dom erreicht zwar eine lichte Höhe von 146 Fufs im Innern; die lichte Breite des Mittelschiffs von 46 Fufs rheinisch kommt aber doch der des Mainzer Domes nicht völlig gleich.

So sehr nun diese drei Kirchen in ihren eben geschilderten wesentlichen Eigenthümlichkeiten mit einander übereinstimmen, so ist jede von ihnen doch keinesweges als ein Bau aus nur einer und derselben Zeit zu betrachten, vielmehr wird die spezielle Untersuchung lehren, dafs jeder dieser Dome, obschon in verschiedenem Maafse, das Produkt mehrerer sich folgenden Bauzeiten ist, von denen aber stets eine als die hervorragendste anzuerkennen ist, die dem ganzen Bauwerke seinen charakteristischen Stempel verleiht. Wir gehen also zunächst zur speziellen Untersuchung eines jeden dieser Dome über, wobei nur zu bedauern ist, dafs von keinem derselben eine so genügende Aufnahme veröffentlicht worden ist, dafs sie als Basis solcher Untersuchungen dienen könnte *).

---

*) Das Werk: Denkm. Roman. Baukunst am Rhein von G. Geier und R. Görtz sollte diesem Mangel abhelfen. Leider sind aber vom Dome zu Speyer erst 4 Blätter erschienen und seit 5 Jahren ist dasselbe ins Stocken gerathen. Von den beiden andern Domen ist noch gar nichts Allgemeines veröffentlicht. Für sie besitzen wir nur weniges Zerstreute bei Moller, bei Wiebeking u. s. w., das aber zum Theil nicht einmal das am meisten Charakteristische trifft.

II.
DER DOM ZU MAINZ.

Die 1835 erschienene Geschichte und Beschreibung des Doms zu Mainz von J. Wetter ist unstreitig eine der vorzüglichsten Monographien, die wir in der deutschen Archäologie besitzen. Der Verfasser hat nicht nur die in den alten Schriftstellern zerstreut vorhandenen Nachrichten sorgfältig gesammelt, sondern ist auch bemüht gewesen, mit nicht geringer Kritik, dieselben auf die vorhandenen Theile des Gebäudes anzuwenden. Vor Allem ist dieses Werk aber dadurch ausgezeichnet, daſs der Verfasser den Gegenstand seiner Betrachtung nicht isolirt hat, sondern ihn in Verbindung mit anderen hervorragenden Richtungen der Baukunst betrachtet, um ihm so die ihm gebührende Stellung anzuweisen. Er scheute sich nicht, damals einer der ersten in Deutschland, den zu jener Zeit bei uns noch herrschenden Doctrinen entgegen, auf die Priorität des nördlichen Frankreichs in Bezug auf Erfindung des gothischen Bausystems hinzuweisen, und hiedurch mitzuhelfen, einen gesunderen Weg zur Erforschung der Geschichte der Baukunst einzuschlagen, als wie es bis dahin, mit sehr wenigen Ausnahmen, geschehen war.

Die von Herrn Wetter mitgetheilten Daten können, als sicher beglaubigt, unserer Betrachtung zum Grunde gelegt werden, weshalb ich die Quellenschriftsteller nicht weiter citire. Obschon ich in der Anwendung derselben auf die vorhandenen Theile des Doms zum groſsen Theile von den in jenem Werke geäuſserten Ansichten abweiche, so wird sich schlieſslich zeigen, in welcher genauen Uebereinstimmung ich mich mit dem geehrten Herrn Verfasser zu meiner Freude dennoch gegenwärtig befinde.

Die für die Baugeschichte des Doms zu Mainz wichtigsten der uns bekannten Momente sind nun folgende:

Wenn auf der Stelle des gegenwärtigen Domes auch schon vor dem Erzbischofe Willigis sich die Cathedrale dieses, seit Bonifacius Zeiten, vornehmsten deutschen Bischofsitzes befand, so wissen wir über die Beschaffenheit des früheren Gebäudes doch so gut wie gar nichts. Erst dieser Bischof erbaute seit 978 einen neuen Dom, der den früheren so an Grofsartigkeit überragte, dafs man den Willigis als dessen zweiten Gründer betrachtete. Erst nach mehr als 30 Jahren weihete er ihn im Jahre 1009. Noch am Tage der Einweihung brannte er wieder ab. Zwar ging Willigis sogleich wieder an das Werk der Herstellung, doch sein schon 1011 erfolgter Tod verhinderte ihn den Bau zu vollenden. Von dem was seine beiden nächsten Nachfolger während ihrer zwanzigjährigen Regierung etwa gethan haben, wird nichts berichtet, und erst der dritte Nachfolger, Bardo, scheint die Sache lebhaft aufgenommen zu haben. Er weihete den fertigen Dom im Jahre 1037.

1081 ward derselbe nebst der umliegenden Gegend der Stadt, ein Raub der Flammen, was die gleichzeitigen Marianus Scotus und Lambert von Aschaffenburg bezeugen. Dasselbe geschah im Jahre 1137, als wieder ein grofser Theil der Stadt mit abbrannte.

Bei dem Aufruhr der Bürger gegen den Erzbischof Arnold, seit 1159, ward der Dom znm Theil als Festung genutzt und blieb gewifs nicht unbeschädigt; doch wird uns nicht gemeldet, dafs er ganz oder theilweise zerstört worden sei. Dies geschah aber durch den grofsen Brand vom Jahre 1191, welcher als besonders verheerend geschildert wird. Doch mufs die Zerstörung nur partiell gewesen sein, und die Herstellung bald begonnen haben, da durch glaubwürdige Zengen berichtet wird, dafs schon im Jahre 1196 die Spitze des östlichen Kuppelthurms durch einen grofsen Sturmwind wieder herabgeworfen wurde.

Im Uebrigen scheint der Herstellungsbau erst spät mit Energie wieder aufgenommen und namentlich erst seit 1226 eifriger betrieben worden zu sein. 1228 finden wir die Stiftung des Bartholomäusaltars im nördlichen Westkrenze; 1233 einen Ablafsbrief des Erzbischofs Siegfried III, worin er erklärt, dafs wegen Abganges der Mittel der Bau nur langsam fortgehe, und aus eigenem Vermögen der Kirche der Bau in vielen Jahren nicht zu Ende gebracht werden könne, weshalb er alle Gläubigen zu Beiträgen auffordere, und ihnen hiefür 40 Tage Ablaſs verheiſse. Endlich vermochte er den Dom am 4. Juli 1239 einzuweihen.

Wenn hiermit der Hauptbau vollendet war, so gingen Siegfried und seine Nachfolger doch sogleich wieder frisch ans Werk, um nach allen Richtungen hin Nebenbauten hinzuzufügen. Noch in demselben Jahre schenkte er der Kirche zwei Häuser zur Erweiterung der Fenster, 1243 ließ er den neugebauten Kreuzgang einweihen, und seit 1260 wurden dann die Auſsenwände der Seitenschiffe durchbrochen, um hier zwei Reihenfolgen von Kapellen anzulegen, deren prachtvolle gothische Fenster zu den herrlichsten ihrer Art gehören, und zugleich durch das sichere Datum ihrer Stiftungen für die Geschichte der gothischen Baukunst des XIII und XIV Jahrhunderts in ihren so charakteristischen Formenbildungen höchst wichtige Anhaltspunkte gewähren. Endlich ward der Kreuzgang durch Erzbischof Konrad von Weinsberg (1397—1412) in seinen für diese Spätzeit noch so edlen Formen als Schluſspunkt der ganzen Anlage hinzugefügt, wenn wir nicht als solchen die grandiosen Dachgewölbe und Kuppeln nennen wollen, mit denen der Würzburger Baumeister Neumann nach dem groſsen Brande von 1757 den westlichen Haupttheil feuerfest überspannte und den Dom so vor völliger Vernichtung bewahrte, der ihm durch die Belagerung von 1793 drohte.

Auf obige Angaben gestützt nimmt nun Wetter an, daſs der ganze östliche Chor mit den Querarmen des dazu gehörigen Kreuzes noch von dem ersten Baue des Willigis herrühre, also in dem Brande von 1009 nicht mit zerstört worden sei; das ganze Schiff aber, so wie die beiden östlichen Rundthürme gehörten dem von Erzbischof Bardo im Jahre 1137 vollendeten Baue an, mit Ausnahme vielfacher Herstellungen, denen das Schiff nach dem Brande von 1191 unterworfen werden muſste. Diese wären im Jahre 1196 wohl schon vollendet gewesen, da der Windsturz der östlichen hölzernen Thurmspitze aus diesem Jahre berichtet wird; die spitzbogigen Kreuzgewölbe des Mittelschiffes wären aus dieser Zeit. Der ganze westliche Bau aber gehöre erst dem XIII Jahrhundert an, d. h. die Kreuzarme der Zeit um 1224 (wo der Bartholomäus-Altar im Nordkreuze gestiftet wurde) der westliche Chor aber mit der Kuppel erst den letzten Jahren vor 1239. Damals herrschte hier also noch nicht das gothische Bausystem, welches aber in der 1260 gestifteten Barbara-Capelle schon in vollster Ausbildung hervortritt.

Zunächst fühle ich mich mit diesen letzten Ausführungen, die Bauten im XIII Jahrhundert betreffend, in vollster Uebereinstimmung. Dafs das romanische Bausystem in Deutschland bis tief in das XIII Jahrhundert hinein noch das fast allein herrschende war und nur sehr allmälig von der französisch-gothischen Architektur gebrochen und verdrängt wurde, was erst in der zweiten Hälfte des XIII Jahrhunderts zu Stande kam, ist jetzt eine so anerkannte Thatsache, dafs man sich dabei nicht aufzuhalten braucht. Herr Wetter hat, einer der ersten bei uns, gezeigt, wie schon die genannten Thatsachen am Dome zu Mainz und an anderen Rheinischen Bauten der ersten Hälfte des XIII Jahrhunderts unmöglich die Annahme zuliefsen, dafs aus diesen spät-romanischen Architekturen, so reich sie auch etwa gegliedert und decorirt sind, jemals das gothische Bausystem entstanden sein könne, da dieses neben jenen, nur durch geringe oder gar keine Zeiträume von ihnen getrennt, sogleich in voller Ausbildung erscheine, ohne alle vermittelnde Zwischenstufen. Das gothische Bausystem, welches einer wesentlich anderen Ordnung angehört, müsse daher nothwendig anderwärts, und zwar, wie nicht daran zu zweifeln sei, in Frankreich ausgebildet und als ein Fertiges zu uns gebracht worden sein.

Wenn ich mich dieser Ansicht nicht nur völlig anschliefse und dieselbe auch anderwärts seit der Zeit, dafs ich mich diesen Studien mit Ernst gewidmet habe, schon vor Erscheinen des Wetterschen Buches, als die allein annehmbare erkannt und auch vielfach nachzuweisen mich bemüht habe, so konnte ich mich doch den Ausführungen des Herrn Wetter in seinen übrigen Annahmen niemals anschliefsen, obschon sie bis jetzt allgemeine Geltung erlangt und von allen bisherigen Forschern, mit geringen Abänderungen, aufgenommen und bestätigt wurden. Namentlich hat sich Kugler über diesen Gegenstand mehrmals geäufsert. Bei Gelegenheit einer Anzeige von Lassaulx's Berichtigungen und Zusätzen zu Kleins Rheinreise, im Museum, Bl. f. bild. Kunst. 1835. No. 45, nimmt er, nach früheren an Ort und Stelle aufgezeichneten Notizen, nur den unteren Theil der Ostseite — die Tribüne bis zur Gallerie und die Seitenflügel bis über den Portalen — als Reste des Baues von 978—1000 an. Die höher hinauf nach Farbe und Gröfse wechselnden Quadern bezeichneten die verschiedenen Restaurationen und Neubauten, die nach den Bränden im XI und XII Jahrhundert ausgeführt wurden. Sodann, gleich darauf, in No. 52. dersel-

ben Zeitschrift, bei Gelegenheit einer Anzeige von Wetters damals so eben erschienenem Werke, hebt er die Bedeutsamkeit desselben anerkennend hervor; nur bedauernd, daſs Wetter den ganzen östlichen Theil als Werk des Willigis betrachte, daſs er nicht
auf die Verschiedenheit des Materials, woraus dieser Chor (in vier
verschiedenen Absätzen übereinander) gebaut ist, Rücksicht genom-
men und dieselbe mit historischen Daten in Verbindung zu bringen
gesucht habe. In allem Uebrigen scheint er Wetter stillschwei-
gend zuzustimmen. In seiner Kunstgeschichte (I. Aufl. S. 467; die
zweite Auflage habe ich nicht zur Hand) nimmt er dagegen das
Schiff als ältesten Bautheil an: „Dies rührt ohne Zweifel noch aus
dem XI Jahrhundert her, vermuthlich von dem Bau, der hier von
1009 bis 1037 stattfand; die rohen Detailformen, die noch unaus-
gebildete Weise der Structur sprechen für eine solche Frühzeit.
Gleichzeitig scheinen die östlichen Thürme zu sein, welche denen
des Doms von Trier aus dem XI Jahrhundert ähnlich sind. Der
östliche Chor scheint dagegen erst dem XII Jahrhundert anzugehören." Kugler scheint hiernach die frühere Annahme aufge-
geben zu haben, als ob der Ostchor aus vier verschiedenen Bauzeiten herrühre und in seinen unteren Haupttheilen bis auf Willigis Zeiten hinaufreiche, indem er noch namentlich in der An-
merkung aus den zierlichen, fast römischen Details des östlichen
Portals, welches man dem X Jahrhundert zuschreibt, auf die zweite
Hälfte des XII Jahrhunderts schlieſst.

Ehe ich mir erlaube, meine Ansicht über die Erbauungszeiten
der einzelnen Theile auszusprechen, ist es nöthig dieselben insoweit
näher zu betrachten, als wie sie constructiv mit einander zusam-
menhängen oder von einander gesondert sind. Da habe ich es nicht
verkennen können, daſs das Langhaus mit dem östlichen Altarhause im Wesentlichen nur einen einzigen Bau bildet, so daſs
diese Haupttheile des Domes einen einheitlichen Grundtypus zeigen.
Daſs dieses bei dem Langhause der Fall sei, mit Ausnahme einzelner
Zusätze, ist bis jetzt von Niemand verkannt worden, da die gleiche Architektur ohne wesentliche Abänderung in demselben herrscht. Aber
auch in dem östlichen Altarhause habe ich, nach genauer Untersuchung,
nichts entdecken können, das von jenem sowohl in der Structur als
auch in den Detailbildungen wesentlich abwiche, nur daſs die verschiedene Bestimmung dieses Bautheiles, und die dadurch bedingte
Verschiedenheit der Grundform, natürlicher Weise auch überall aus-
gesprochen werden muſste. Die hiedurch ebenfalls bedingte rei-

chere Ausbildung der Details am östlichen Bautheile hat Kugler wohl zu seiner späteren Annahme veranlafst, dafs der Ostchor erst im XII Jahrhundert dem älteren Schiffe zugefügt worden sei, während er demselben früher, wenigstens in seinen unteren Haupttheilen, ein selbst noch höheres Alter als wie das des Schiffes zuschrieb. Die vierfache Verschiedenheit der Farbe des Mauerwerks dieses Bautheiles, als Motivirung der Annahme verschiedener Bauzeiten, scheint er hienach nicht mehr zu urgiren; und auch ich vermag es in der That nicht, indem ich darin nur einzelne Abschnitte während derselben Bauperiode, wie solches auch anderwärts nicht ungewöhnlich ist, erkenne. Bezeichnend dafür ist schon die horizontale Regelmäfsigkeit der Aufeinanderfolge der einzelnen Lagen, während das in Folge gewaltsamer Zerstörungen auf einander folgende verschiedenartige Mauerwerk durch willkürlichere Absatzlinien sich zu charakterisiren pflegt. Es erklärt sich jenes verschiedenfarbige Material derselben Bauzeit hinreichend dadurch, dafs bei einem so grofsartigen Baue, wie der vorliegende, der zuerst in Angriff genommene Steinbruch oft sehr bald an Güte nachliefs und den Architekten zwang, seinen Bedarf anderwärts zu entnehmen. Bei grofser Eile des Baues war dieser dann oft gezwungen, das erste beste Material zu nehmen, was sich ihm darbot, und konnte er dies dann natürlich auch nur in denjenigen Gröfsen und Formen anwenden, wie es eben zu haben war. Anstatt also ein Zeichen für verschiedene Bauzeiten zu sein, ist eine solche Verschiedenheit des Materials gegentheils oft ein Beweis eines sehr energisch betriebenen Baues. Ich glaube, dafs dies auch bei dem in Rede stehenden Theile des Mainzer Doms anzunehmen ist.

Sondern wir nun von diesem Baue alles dasjenige ab, was offenbar den hiervon verschiedenen Bauperioden angehört. Ich sehe hiebei von den ganz modernen Restaurationen ab, wie die von Moller neuüberdeckte östliche Kuppel und die gleichzeitige Verkleidung des Fufses der Absis bis zu den Fenstern hinauf, wodurch nicht nur der eigenthümliche Charakter des Mauerwerks völlig zerstört ist, sondern auch die zugemauerten Fensternischen der ehemaligen Krypta gänzlich verschwunden sind, so dafs als Indicien des ehemaligen Vorhandenseins derselben nur noch die von Wetter hervorgehobenen Säulenfüfse der Wandsäulen im Inneren des Ostchores existiren, die gegenwärtig in bedeutender Höhe über dem Fufsboden aus der Wand hervortreten.

Nicht minder offenbare spätere Zusätze sind die schon genann-

ten Kapellenreihen längs der beiden Seitenschiffe, die gothische Veränderung der Ostkuppel und die oberen gothischen Geschosse der
Ostthürme; desgleichen die mit Rippen versehenen Spitzbogenge-
wölbe des Mittelschiffs. Auch darin stimme ich Wetter bei, daſs
die Halbsäulen an den Auſsenseiten der Seitenschiffe in ihrem grös-
seren Theile, vom dritten Pfeiler anfangend, einen jüngeren Charakter zeigen, als wie die gegenüberstehenden und alle übrigen im
Schiffe, und daſs dies wohl in Folge der Erneuerung nach einer gewaltsamen Zerstörung dieser Seitenschiffe eingetreten sein
werde.

Endlich ist noch als sehr wichtig hervorzuheben, daſs die beiden runden Ostthürme mit dem anstoſsenden Mauerwerke des östlichen Chores und dessen Querbaues ohne allen organischen Zusammenhang des Mauerwerks und des Baustyles sind. Wetter und
Kugler (in seiner Kunstgeschichte) nehmen sie beide als gleichzeitig mit dem Langhause an und deshalb, jeder nach seinen übrigen Angaben, Wetter als jünger, Kugler als älter wie der an-
grenzende Ostchor. Daſs die Rundthürme älter sind, wie das an-
grenzende Altarhaus, lehrt der Augenschein zu deutlich, und steht
jetzt wohl auſser allem Zweifel; wenn letzteres aber, wie oben gesagt wurde, dem Langhause gleichzeitig ist, so folgt daraus von
selbst, daſs die Thürme auch älter wie dieses sein müssen, also
älter, als wie der ganze übrige Bau.

Daſs sodann der ganze Westbau, das westliche Querhaus ein-
geschlossen, einer besonderen Bauzeit angehört, ohne organischen
Zusammenhang mit dem Langhause, ist offenbar und von allen bisherigen Forschern auch als unzweifelhaft angenommen worden. Ich
möchte innerhalb dieses Bautheiles noch das eigentliche Querhaus
als den älteren Theil nennen, dem sodann das westliche Altarhaus
folgte, bis dieser Bautheil schlieſslich durch die groſse Kuppel beendet wurde. Die völlige Gleichheit des Profils der Kreuzgewölbe
im Mittelschiffe mit denen der Kreuzarme und des Altarhauses läſst
auf Gleichzeitigkeit derselben schlieſsen; diejenigen des Kapitel-
hauses stimmen hiemit gleichfalls überein.

Auf diese Voraussetzungen gestützt lasse ich die Bautheile, noch
ohne Verbindung mit den vorhandenen historischen Angaben, in
folgender Weise aufeinander folgen:

    1) Die zwei östlichen Rundthüren in ihren unteren vier Ge-
       schossen.

    2) Das ganze Langhaus und östliche Altarhaus, doch so,

daſs mit jenem begonnen wurde und das Altarhaus den jüngsten Theil dieses Gesammtbaues repräsentirt.

3) Ein grofser Theil der ehemaligen Aufsenseiten der Seitenschiffe scheint erneuert zu sein, in welchem Falle auch die Gewölbe der Seitenschiffe mit ihnen erneuert wurden.

4) Das westliche Quer- und Altarhaus, so daſs letzteres der jüngste Theil des Baues ist. Die Gewölbe des Mittelschiffes sind der Beendigung dieses Baues gleichzeitig, den der Kuppelbau schliefslich ganz vollendete. Der ältere Kreuzgang, von dem nur noch das Kapitelhaus den übrig gebliebenen Rest bildet, wurde unmittelbar nach Vollendung der Kirche hinzugefügt und ist mit demselben wesentlich als ein Bau zu betrachten.

5) Mit der Barbara-Kapelle beginnt die Reihenfolge der gothischen Anbauten, denen im Dome aufser allen Seitencapellen noch die Veränderung der Ostkuppel und die oberen Geschosse der östlichen Rundthürme angehören. Der Kreuzgang in seiner jetzigen Gestalt vollendet den Abschlufs der gothischen Anbauten.

Ehe ich nun aber zur Bestimmung der Bauzeiten für jede dieser Abtheilungen übergehe (d. h. bei 1. und 2., da ich bei 3. 4. und 5. nur in Einzelheiten von Wetter abweiche), ist es nöthig, noch eines Nebenbauwerks des Doms zu erwähnen. Ich habe bisher absichtlich noch nicht die S. Gothardskapelle genannt, welche dicht vor der Nordseite des westlichen Querhauses, jedoch von demselben isolirt und etwas schief vor der Front desselben, liegt. Ihre ausgezeichnete Anlage ist von Wetter wohl angemerkt und beschrieben worden, und namentlich als wichtig hervorgehoben, daſs sie ein sicheres Datum hat. Es ist für die Baugeschichte von unschätzbarem Werthe, wenn man Monumente hat, deren Gründungszeit völlig aufser Zweifel gestellt ist. Hiedurch hat man die Sicherheit, daſs die bei ihnen angewandte Bauweise nothwendig nicht älter sein kann, als wie das angegebene Datum. Die Mehrzahl solcher sicher datirten Bauwerke ist aber im Laufe der Zeit wieder umgebaut worden und deshalb ist ihr Datum so selten brauchbar. Wenn aber ein Bauwerk so charakteristische Formen zeigt, daſs sie für gewisse Zeiten und Gegenden maaſsgebend sind, die Beschaffenheit derselben auch nach allen übrigen Vergleichungen der Art sichergestellt ist, daſs man nicht wohl an eine spätere Erneuerung denken kann, weil eben der Styl dieses Gebäudes nicht irgend welche, nach anderen Analogien anzuerkennende jüngere Formbildungen zeigt, so gewinnt ein solches unumstöfslich sicher datirtes Bauwerk ein hohe kunsthistorische Bedeutsamkeit.

Diese so eben geschilderten Vorzüge kommen nun der S. Gothardskapelle im hohen Grade zu *). Sie bildet einen einigen, in sich organisch zusammenhängenden Bau. Eigentlich besteht sie aus zwei Kapellen übereinander, eine genau wie die andere angeordnet, ein quadratischer Hauptkörper, unten von vier viereckigen Pfeilern, oben von eben so viel Säulen gestützt, zwischen denen sich rundbogige Gurte mit ganz einfachen Kreuzgewölben ohne Rippen spannen. In den nur wenig engeren Seitenschiffen sind die Rundbögen etwas überhöht, in dem Mittelschiffe etwas elliptisch breiter gehalten; jedes der drei Schiffe schliefst östlich mit einer halbkreisförmigen Altarnische, doch so, dafs der mittleren, gröfseren sich noch erst ein quadratisches Gewölbe zwischen inne legt. Auf der Südseite und Ostseite zieht sich, in Höhe der oberen Kapelle, ein rundbogiger Säulengang umher.

Diese eben so eigenthümliche wie schöne Anordnung ist nun fast genau dieselbe, wie jene der sogenannten Doppel-Kapellen in den fürstlichen Schlössern, für die es charakteristisch ist, dafs sie durch eine mittlere Oeffnung mit einander verbunden waren **). Auch bei der S. Gothardskapelle entdeckt ein genauer Beobachter, dafs das mittlere Gewölbe der unteren Abtheilung nachträglich verändert worden ist, und zweifelsohne ehemals ebenso geöffnet war, wie in Eger, Lohra u. s. w. und ehemals auch in Nürnberg, wo die spitzbogige Einwölbung derselben Stelle von den übrigen rundbogigen Kreuzgewölben wesentlich abweicht und offenbar erst später hinzugefügt wurde. Wenn die Mainzer Kapelle sich hiedurch mit jenen in engster Uebereinstimmung befindet und namentlich mit den drei zuletzt genannten auch fast genau dieselbe Hauptanordnung der Säulen zeigt, so hat erstere noch die schöne Ausbildung der Absiden vor ihnen und vor allen übrigen voraus, so

---

*) S. den Grundrifs der Unterkirche auf der beifolgenden Taf. I. Fig. 1. nach Habels Mitth. in Bärs Gesch. der Abtei Eberbach.

**) Seit ich im Jahre 1826 die ersten und noch jetzt ausgezeichnetsten derselben zu Eger und Nürnberg auffand und darüber im Augusthefte des Berl. Kunstbl. 1828 Mittheilung machte, sind deren schon gegenwärtig 10 in Deutschland als vorhanden nachzuweisen, und wahrscheinlich ist deren Zahl noch nicht abgeschlossen. S. meinen Vortrag über Schlofscapellen. Berlin 1852. S. 16 ff.

dafs sie in der Gesammtanordnung als die ausgezeichnetere unter
ihnen allen erscheint.

Dafs die Gothardskapelle aber nicht nur mit den übrigen die
ähnliche Anlage hat, sondern wesentlich auch derselben Bestimmung
diente, also gleich ihnen als Schlofskapelle zu betrachten ist, ergiebt
sich deutlich aus ihrer Stiftung. Erzbischof Adalbert I, aus dem
Hause Saarbrücken, erbaute sie seit dem Jahre 1135 als die eigentliche Hauskapelle seines neben dem Dome belegenen bischöf-
lichen Palastes. In der Urkunde vom 7. März 1136 (Würdwein
II. p. 541) bezeichnet er sie ausdrücklich: *Capellam curtis no-
stre in Moguncia, parieti Ecclesie beati Martini contiguam et a
nobis a fundamento constructam,* woraus wir gleichzeitig ersehen,
dafs er sie von Grunde aus angefangen hatte zu bauen. Als er
am 23. Juni 1137 starb, war die Kapelle, in der er auch sein
Grab fand, noch nicht beendet, und erst sein gleichnamiger Nachfolger und Neffe Adalbert II. liefs dieselbe am 30. Juni 1138 einweihen *).

Diese Mainzer Schlofskapelle zeigt nicht nur die vollendetste
Hauptanlage unter allen bis jetzt bekannten Doppelkapellen, sondern
dürfte auch als die älteste unter ihnen anzuerkennen sein. Jene
reicheren zu Eger und Nürnberg folgen ihr offenbar in der Gesammtanordnung.

Aber eine noch gröfsere Bedeutsamkeit hat die S. Gothards-
kirche für die Architekturgeschichte des Doms, und dadurch für
die gesammte deutsche Kunstgeschichte. Abgesehen von der Ge-
sammtanlage, welche eben durch ihre besondere Bestimmung mo-
tivirt wurde, zeigt sie in allen ihren Theilen Eigenthümlichkeiten,
die vorzugsweise charakteristisch und daher in hohem Grade der
Beachtung werth sind, da sie durch die sichere Datirung des Gebäudes einen festen Anhalt für die Formenbildung der damals herrschenden Bauweise geben.

Zunächst bemerken wir überhaupt eine höchst einfache Behandlung der Architektur. Die Kreuzgewölbe zwischen den nur
rechteckig profilirten Rundbogengurten sind ohne alle Spannung
oder sogenannten Busen, so dafs der Scheitel derselben völlig ho-
rizontal und von Hervortreten der Kanten keine Spur vorhanden

---

*) Herr Archivar Habel hat das Grab Adalbert I in dieser Kapelle aufgegraben
und ebenso wie die ganze Kapelle gründlich untersucht. Ich verdanke seiner Mittheilung einen Aufsatz (aus Bärs Geschichte der Abtei Eberbach besonders abgedruckt),
worin er seine überaus gründlichen Forschungen über diesen Gegenstand niedergelegt hat.

ist. Die gesenkte Elipsenform der mittleren breiteren Bögen giebt ihnen etwas Schwerfälliges. Nicht minder tritt dies in den nur kurzen viereckigen Pfeilern der unteren Kapelle hervor, was noch besonders durch das stark vortretende Deckgesims derselben verstärkt wird, das aus mehreren ziemlich harten und unorganisch übereinandergesetzten Gliedern besteht, so dafs die Unterkapelle einen durchaus schwerfälligen Charakter zeigt *).

Die obere Kapelle mit ihren verhältnifsmäfsig schlankeren Säulen ist im Gegensatze dazu zwar leicht zu nennen; aber im Vergleiche zu anderen ähnlichen Anlagen darf dieses Prädikat doch nicht zu sehr urgirt werden. Die Basen der Säulen sind sehr hoch mit hohem, schwerem Unterpfühle, noch ohne alle Eckblätter; die Schafte sind ziemlich stark verjüngt. Die Kapitäle zeigen über einem nur niederen Ringe eine klotzartige Hauptform, indem sie sich von den eigentlichen Würfelkapitälen, die im übrigen Deutschland, und besonders im Norden, durch die ganze Zeit der romanischen Baukunst so vorzugsweise herrschen, dadurch unterscheiden, dafs die halbkreisförmigen Schilder der vier Seiten nicht scharf bezeichnet sind, sondern, durch Verwischung der sonst so scharfen Contoure, allmälig nach der Basis des Kapitäls sich abstumpfen. Nimmt man hierzu noch eine ziemlich bedeutende Ausladung und Höhe des Kapitäls, so ist es klar, dafs letzteres nicht minder wie die ganze Säule einen schwerfälligen Charakter zeigen mufs. Die wenigen sonst noch vorhandenen Detaillirungen, die Deckplatte der Kapitäle und der Wandpfeiler, so wie die Basen der letzteren, zeigen denselben Charakter wie die der Unterkapelle und sind daher wenig geeignet, den Gesammteindruck der Schwerfälligkeit zu modificiren **). Alle übrigen Details des Innern fehlen, und selbst die Halbkuppeln der Chornischen entbehren der Kämpfer. Wenn man nicht etwa annimmt, dafs die Wände nicht minder wie die Kapitäle mit Malereien ausgeschmückt waren, so trägt das Innere vorzugsweise den Stempel schwerfälliger Gesammtverhältnisse bei harten und fast rohen Detailbildungen. Dabei ist aber eine gewisse Aufwendigkeit in der ganzen Anlage und Sorgsamkeit in der Behandlung des Einzelnen nicht zu verkennen, so dafs man sieht, dafs

---

*) S. den oberen Theil des Pfeilers mit dem Kämpfer und Gewölbeanfange auf Bl. I Fig. 2 und das Profil des Kämpfers in gröfserem Maafsstabe in Fig. 3. An Wandpfeilern der Unterkirche erscheint auch das einfachere Profil Fig. 4.

**) Auf Bl. I stellt Fig. 5 die Basis, Fig. 6 das Kapitäl dieser Säulen dar, und Fig. 7 das Profil der Deckplatte der letzteren in gröfserem Maafsstabe, Fig. 8 und 9 die Kämpfer und Fig. 9 die Basis von Wandpfeilern der Oberkirche.

der Baumeister nicht minder wie der Bauherr das Beste gegeben haben, was sie bieten konnten. Dies zeigt besonders auch noch das, gegenwärtig durch moderne Umbauten leider fast gänzlich verdeckte Aeußere, wo, über einem nur von Lissenen, die durch einen einfachen Rundbogenfries miteinander verbunden werden, geschmückten hohen Mauerkörper, eine Säulengallerie die obere Wand nicht minder wie die Chornische schmückt. Architrave im Charakter der inneren Pilasterkapitäle profilirt, strecken sich von den Säulen zur nahen Wand, und werden durch kleine Rundbögen miteinander verbunden. So reich diese Anordnung auch im Ganzen ist, so zeigen das Profil jener kleinen Architrave, die Kapitäle und Basen der Säulen u. s. w. doch ganz dieselben Formbildungen wie die des Inneren, und beweisen daher nicht nur die Gleichzeitigkeit der Anlage, sondern auch die Gleichheit des Architekturcharakters *).

Treten wir nun wieder in den Dom, so überrascht die große Uebereinstimmung aller Details des Langhauses mit denen der Kapelle **). Die Kämpfergesimse des Schiffs zeigen zum Theil dieselbe Reihenfolge der Gliederungen und dieselben Profile, wie jene der Kapelle, oder sind ihnen doch im Charakter durchaus verwandt. Dasselbe gilt von den Kapitälen und Basen der Halbsäulen. Letztere ermangeln auch hier der Eckblätter, und jene erscheinen in derselben schon geschilderten, ziemlich rohen Klotzform. Im Uebrigen zeigt auch das Schiff denselben Mangel an Details wie die Kapelle. Soll ein Unterschied zwischen beiden stattfinden — insofern nicht die durch die verschiedenartige Bestimmung verursachte durchaus verschiedene Anordnung solches schon bedingte — so ist es nur eine solche der Kopie zum Originale, indem alle Details der Kapelle energischer, kräftiger, weil ursprünglicher, sich darstellen.

Wo die Details in einem Theile der Seitenschiffe einen etwas

---

*) Bl. I. Fig. 10 und 11 geben das Detail dieser Säulenstellung. Ein größerer Bogen über der Mitte der späteren Spitzbogenthür der Nordseite, welche jetzt als Eingang vom Markte her dient, ist doppelt so breit und hoch, als wie die übrigen. Er ist dadurch entstanden, daß bei einer Reparatur die eine Säule verschwunden ist und nicht wieder ersetzt wurde. Auch die den neuen Bogen gegen Osten stützende Säule weicht von allen übrigen ab, indem sie ein ausgebildetes Würfelkapitäl und Eckwarzen der attischen Basis zeigt (s. Bl. I. Fig. 12 und 13). Sie ist daher jedenfalls bei dieser Reparatur neu hinzugefügt worden. Ward dieser größere Bogen vielleicht deshalb später hinzugefügt, damit der Erzbischof hier bei feierlichen Gelegenheiten aus seiner Palastkapelle heraustreten und dem auf dem Markte versammelten Volke den Seegen ertheilen konnte?

**) S. Bl. II, wo ein Gewölbesystem des Schiffs (travée) im Grundriß Fig. 1 und Längendurchschnitt Fig. 2 nebst den zugehörigen Details a — l gegeben ist.

verschiedenen Charakter zeigen, namentlich wo sich etwas modificirte Kapitälformen und Eckblätter der Basen finden, ist wohl mit Sicherheit auf späteren Umbau zu schliefsen, wie auch Wetter (S. 26) solches anerkannt hat.

Aus dieser Uebereinstimmung geht mit Nothwendigkeit hervor, dafs das Langhaus des Doms der S. Gothardskapelle gleichzeitig sein müsse. Gehen wir nun die Reihe der vorhandenen Daten durch, so ergiebt sich, dafs hiebei nur der Brand vom Jahre 1137 in Betracht kommen kann, der der sicher datirten Erbauungszeit der S. Gothardskapelle völlig entspricht. Derselbe mufs also so bedeutend gewesen sein, dafs in Folge dessen das ganze Langhaus und die mit ihm einen einzigen Bau bildenden Theile des Domes erneuert wurden. Nur unter Annahme dieser Voraussetzung läfst die grofse Uebereinstimmung aller Details dieses Bautheiles mit denen der Kapelle sich ohne Verwunderung erklären.

Die mit Laubwerk geschmückten Kapitäle, Bogeneinfassungen u. s. w. des östlichen Altarhauses zeigen zwar auf den ersten Anblick einen etwas reicheren Charakter als wie jene des Langhauses; doch läfst die völlig gleiche Construction ohne allen Absatz schon nicht eine wesentlich verschiedene Bauzeit annehmen. Eine genauere Betrachtung zeigt aber auch in den genannten Details eine in allem Wesentlichen genauere Uebereinstimmung. Ein gröfseres Wulstkapitäl der nördlichen Abscite des Chors ist völlig im roheren Style des Langhauses, während eine begonnene Glyptik die Hälfte desselben mit dem eleganten Laubwerke des Chores überkleidet hat. Dem edelsten Theile der Kirche wollte man gern die reichste Ausschmückung verleihen. Ich gebe jedoch gern zu, wie ich bereits oben erwähnt, dafs das Altarhaus der jüngste Theil dieses Gesammtbaues ist. Der Bau mag daher sehr wohl bis in die zweite Hälfte des XII Jahrhunderts hinunter reichen.

Dafs die beiden östlichen Rundthürme einem älteren Baue angehören, ist schon oben ausgeführt worden. Welchem derselben, ist der Combination überlassen, da uns hier kein so sicherer Vergleich, wie bei dem Langhause, zu Gebote steht. Ich halte diese Thürme entschieden für Reste eines der Bauten des XI Jahrhunderts. Zu dieser Annahme berechtigt mich die so sehr einfache Anordnung der von Wandpfeilern getragenen Gesimse ohne Rundbogenfriese; die dem XI Jahrhundert ganz angemessene einfache Profilirung der Gesimse nicht minder wie der Pfeilerkapitäle, mit sehr hoher Schmiege und Deckplatte, und der in gleicher Schmiege

gebildeten Basen, die sich in der oberen Sehräge der Gesimse ver-
laufen *). In der ganzen Anordnung herrscht eine Naivität, welche
nothwendig dem XI Jahrhundert angehört. Wenn es auch schwierig sein möchte, die charakteristischen Unterscheidungskennzeichen
der Zeiten des Willigis und des Bardo genau von einander zu unterscheiden, so glaube ich in den genannten Thürmen doch eher
Reste des von Erzbischof Bardo ausgeführten Baues zu sehen, so
dafs dieselben also etwa 100 Jahre älter als wie der Haupttheil des
Domes sein würden **).

In Bezug auf die westlichen Theile des Domes weiche ich
nicht wesentlich von den Feststellungen ab, welche Wetter bereits gegeben hat. Sie sind sämmtlich erst nach dem verheerenden
Brande von 1191 entstanden. Die erneuerten Theile der Seiten-
sehiffe sind auch eine Folge der durch jene Verheerungen veranlafs-
ten Restaurationen. Die Gewölbe daselbst sind noch im Rundbo-

---

*) Siehe die Verbindung dieser Gesimse mit den Kapitälen der unteren und den
Basen der oberen Pfeiler auf Bl. II Fig. 3.

**) Erst nach Beendigung der obigen Auseinandersetzung, welche meine Gründe
darlegt, weshalb ich den Gewölbebau des Langhauses erst um die Mitte des XII Jahrhunderts annehme, kommen mir durch gefällige Mittheilung des Herrn Dr. Wattenbach
die Aushängebogen einer *Vita Bardonis* zu, welche im neuesten Bande der *Monumenta* von
Pertz erscheinen soll. Sie ist von einem kundigen Verfasser, Volculdus, der schon
zur Zeit des Bardo in Mainz gelebt haben mufs, unter dem unmittelbaren Nachfolger
desselben, dem Erzbischofe Luitpold (1051—1059), und auf dessen Veranlassung ver-
fafst worden, und daher im höchsten Grade glaubwürdig. Am Schlusse derselben heifst
es (S. 321, 10): *Iliis debemus apponere, quae per illum egregie gesta sunt Moguntiae.
Maiorem ecclesiam quae nova dicitur in comparatione veteris, sine tecto et condensam
intus invenit aedilibus instrumentis. Ea scilicet silva eiecta a tecto aedificare coepit, sic-
que domum Dei laquearibus, parimento, et parte fenestrarum parietibus dealbatis, dedi-
cationis consecrationi praeparavit. Deinde Conrado christianissimo imperatore eiusque
coniuge Gisla imperatrice augusta una cum eorum serenissima prole Heinrico tertio rege
et nobili coniuge sua Cunigunde invitatis, decem et septem episcopis conlaborantibus ean-
dem domum Dei honorifice dedicavit (10 Nov. 1036; Marianus Scotus hoc a. 1037 re-
fert, sed eo anno imperator in Italia fuit. Dies erat vigilia S. Martini.* Anm. v. W.),
*veteris ecclesiae rebus cunctis cum dote et congregatione in novam translatis. Postea
claustrum cum porticibus et officinis ad hoc pertinentibus construxit, tanto fere sumptu
quod ecclesia ipsa maioris non constaret. In veteri ecclesia (S. Johanni dedicata;* Anm.
v. W.) *de qua priorem congregationem transtulit, pro remedio animae suae in honorem
Dei et sancti Martini sua industria acquisitis praediis alteram congregationem restituit.
In nova vero quam ipse consecravit, ciborium auro et argento decoravit et supra altare
sancti Martini fabricari praecepit. Postremo circa vitae suae finem* († 1051, 11 Junii)
honesta pictura insignire fecit eidem altari occidentalem arcum imminentem.
Ich geschweige hier der übrigen Folgerungen aus dieser sehr interessanten und glaub-
würdigen Nachricht, und hebe daraus für unseren vorliegenden Zweck nur zweierlei hervor: 1) dafs der Bau zur Zeit, als Bardo zur Regierung kam (1031), bereits so weit
vorgerückt war, dafs es vorzugsweise nur noch der Eindeckung der Kirche bedurfte,
und 2) dafs das Innere derselben durch eine Felderdecke geschmückt war, folglich noch
keine Gewölbe hatte. Diese Nachricht bestätigt also meine obige Annahme in authen-
tischer Weise.

gen, ohne Andeutung von Rippen. Wenn nun aber jene des Mittelschiffes solche, und zwar schon in sehr prägnant gothischer Profilirung, zeigen *), so folgt daraus, daſs letztere noch viel später eingefügt sein müssen. Sehr auffällig ist hierbei noch ein Umstand. Die einfach viereckig profilirten Hauptgurte der Gewölbe zeigen zwar schon eine schwach ausgesprochene Spitzbogenform der inneren Leibung: eine genaue Untersuchung läſst aber erkennen, daſs letztere nachträglich eingehauen ist, indem die Bögen ursprünglich rundbogig waren. Dies muſs zu der Zeit geschehen sein, als die jetzigen Kreuzgewölbe eingezogen wurden, was wieder später geschehen sein muſs als die Vollendung aller übrigen Bautheile, d. h. erst um die Mitte des XIII Jahrhunderts, da jene Rippenprofile eine jüngere Ausbildung als wie jene des übrigen Domes zeigen. Die Gurtbögen werden deshalb wohl schon mit den Erneuerungen der Seitenschiffe gleichzeitig anzunehmen sein, d. h. vom Ende des XII Jahrhunderts. Wahrscheinlich sind die Gewölbe damals nicht beendet worden, und erst um ein halbes Jahrhundert später sind die Kappen mit den profilirten Rippen eingespannt, und gleichzeitig sind jene ursprünglichen gesenkten rundbogigen Gurtbögen zu Spitzbögen umgewandelt worden. Denn daſs eine gewaltsame Zerstörung nur die Kappen ausgedrückt, die Gurtbögen aber unverletzt gelassen habe, ist weniger wahrscheinlich.

Das westliche Querhaus mit dem Untertheile der Kuppel und dem westlichen Altarhause mögen ziemlich gleichzeitig sein. Der Obertheil der westlichen Kuppel, soweit hier noch von alter Architektur und keiner Erneuerung des XVIII Jahrhunderts die Rede ist, gehört zwar demselben Gesammtplane an, dürfte aber von einem anderen Meister herrühren, da in demselben doch von jenem noch sehr verschiedenartige Motive erscheinen. Profilirte Rippen, mehr oder weniger zum Gothischen hinstrebend, finden sich in allen diesen Theilen. Als entschieden gothisirend ist auch der Abschluſs des Altarhauses durch drei Polygonischen anzuerkennen, obschon die Grundform, der sich jene anschlieſsen, noch ein Quadrat ist. Das Ganze ist offenbar eine etwas plumpe Nachahmung des Kapellenkranzes, welcher die Ostseite der französischen Kathedralen umgiebt, aber gleichwohl dem romanisch ernsten Charakter des deutschen Domes sehr organisch sich einordnet. In den übri-

---

*) S. Bl. II., Fig. 2. b.

gen Details zeigt dieser Westtheil eine wunderliche Mischung alterthümlicher Details, wie die Würfelkapitäle mit der Schmiege als Deckglied, an den Eckpfeilern des Kreuzes, und unvermittelt daneben spezifisch gothischer Formen, wie mehrere Thüren der Westwände des Querhauses und in dem nördlichen Polygone des Altarhauses. Sie zeigen bei halbkreisförmiger oder spitzbogiger Einwölbung entschieden gothische Gliederungen und gothisches Blattwerk in einzelnen Blättern den Kehlen eingelegt, obschon alles noch in etwas alterthümlich rohen Bildungen, auch in diesem Bezuge den Grundcharakter des Gebäudes nicht verläugnend. Die Construction des Mauerwerks umher läfst nicht wohl die Annahme zu, dafs diese Thüren erst späterhin eingefügt worden seien. Im Aeufsern aber bemerkt man nur das Bestreben, durch Häufung und Wechsel aller romanischen Formbildungen, durch Vermehrung und Versetzung der Gallerien, Nischen und Bogenöffnungen aller Art und Formen jenen reichen Effekt zu erreichen, den die gothische Baukunst durch systematische Aushildung ihrer Constructionsformen in so eminenter Weise erlangte. Das Aeufsere des Westbaues des Mainzer Domes dürfte leicht der letzte Gipfel sein, den die romanische Baukunst Deutschlands ohne Nachahmung der französisch-gothischen, doch aber nicht ohne deren wesentlichste Einwirkung erreichte. Und wirklich bewundern wir in demselben eins der phantasiereichsten Architekturwerke, das wir besitzen.

Wenn die Stiftung des S. Bartholomäus-Altars im nördlichen Kreuze im Jahre 1228, der eifrigere Bau dieser Theile, den der Ahlafsbrief von 1233 bethätigt, und die Einweihung des westlichen Chors im Jahre 1239 die Bauzeit dieses Kirchtheiles vorzugsweise bezeichnen, so stimmen diese Data mit dem Charakter, den die Architektur daselbst zeigt, wie Wetter schon richtig hemerkte, vollständig zusammen *).

Auch noch einige Jahre später, nehme ich an, ist in Mainz noch romanisch gehaut worden, indem ich die Erbauung des schönen Kapitelsaals (Memorie) mit der 1243 erfolgten Einweihung des Kreuzganges, mit welchem er ein Ganzes ausmacht, in Verbindung bringe. Die Gewölbegurte dieses sonst noch sehr romanischen Bauwerks haben wieder das sehr spitzige Profil, das sich auch im westlichen Querhause zeigte.

---

*) Zu dieser Zeit gab es in Deutschland erst sehr wenige Gebäude, an denen gothisch gebaut wurde, nachweislich sogar nur eins, die Liebfrauenkirche in Trier.

Diesem späten Verharren in der romanischen Bauweise, was anderwärts noch bis gegen Ende des XIII Jahrhunderts stattfindet*), widerspricht das dazwischen Vorkommen einzelner spezifisch gothischer Formen durchaus nicht, da diese ja als in sich vollendet ausgebildete von Aufsen her aufgenommen waren. Es ist daher auch kein Wunder, wenn wir kaum zwei Jahrzehnte später, 1260, in der S. Barbarakapelle die Gothik in ihren edelsten und reinsten Formen bewundern können.

Die obige Auffassung der Baugeschichte des Domes zu Mainz erlangte ich im Wesentlichen bereits im Jahre 1843, als es mir vergönnt war, denselben zum erstenmale näher kennen zu lernen, und konnte ich sie bei einer zweiten noch genaueren Untersuchung im Jahre 1847 in allen Details definitiv feststellen, wo es mich erfreute, schon damals mit meinem verehrten Freunde, Herrn Professor Lange zu Fulda, jetzt zu Marburg, in allen wesentlichen Punkten mich in völliger Uebereinstimmung zu finden. Als ich, bei Gelegenheit der Archäologen-Versammlung zu Mainz, im September 1852, die Frage über die Erbauungszeit des Mainzer Domes zur Sprache brachte, trat Herr Wetter selbst mit der Erklärung auf, er sei gegenwärtig anderer Ansicht, als zu der Zeit, wo er sein Werk über den Dom geschrieben habe. Der Vergleich der sicher datirten S. Gothardskapelle mit dem Schiffe des Domes lasse an der Gleichzeitigkeit beider ihn nicht länger zweifeln. Die fernere Discussion, in der Versammlung nicht minder wie nachher im Dome selbst, zeigte unsere jetzige völligste Uebereinstimmung in allen wesentlichen Theilen der Geschichte dieses wichtigen Bauwerks.

---

*) An der Liebfrauenkirche in Halberstadt baute man noch 1274 — 1284 romanisch, wie ich im Kunstbl. 1845, S. 222 nachgewiesen habe.

III.

DER DOM ZU SPEIER.

Nach Gewinnung eines so festen Fundaments der mittelrheinischen Baugeschichte wenden wir uns nun zu dem Dome zu Speier,
der mit dem zu Mainz in jeder Weise um die Palme ringt.

Auch hier betrachten wir zunächst das Geschichtliche, und
es ist wohl billig, die von Geissel in seinem Werke über den
Kaiserdom zu Speier niedergelegten Thatsachen zum Grunde zu legen, da er die darüber gesammelten Nachrichten ziemlich vollständig gesammelt hat. Was ihm etwa an Daten entgangen ist, werde
ich an passender Stelle einschieben.

Allbekannt ist die Nachricht, wie Kaiser Konrad der Salier
an einem und demselben Tage im Jahre 1030 zu der Kirche des
von ihm auf seinem Stammschlosse Limburg gestifteten Klosters,
sodann zur Domkirche in Speier, und drittens zu der Kirche auf
dem Weidenberge daselbst den Grundstein gelegt und alle drei
Bauten der Obhut des Bischofs von Speier untergeben habe. Wir
lassen die völlige Richtigkeit dieser Erzählung dahingestellt sein,
da keine gleichzeitige Nachricht sie bezeugt. Es ist aber doch
gewifs, dafs namentlich die beiden ersten Kirchen alsbald mit gros-
ser Thätigkeit, wie sie dem Eifer eines so mächtigen Kaisers ent-
sprach, aufgeführt wurden. Schon 1042 wurde die Kirche zu Limburg eingeweiht, nachdem Krypta und Chor schon 1035 bis 1040
derselben Ehre theilhaftig geworden waren [*]).

Nicht so schnell wurde aber der Dombau gefördert, dessen
Krypta in demselben Jahre, 1039, geweiht wurde, in welchem der

---

[*]) S. das Einzelne in Lehmanns Gesch. von Limburg. Frankenth. 1822.

Stifter und drei Jahre später dessen Gemahlin ihr Grab darin fanden. Ihr Sohn Heinrich III, welcher sich von seiner Heimath fernhielt, und im fernen Sachsenlande der Erhebung Goslars und seines Domes mit ganzer Macht sich hingab, scheint wenig für den Domban von Speier gethan zu haben, so dafs er 1056 in der noch sehr unvollendeten Kirche beigesetzt wurde.

Heinrich IV nahm sich der grofsväterlichen Stiftung bei weitem lebhafter an; im Jahre 1061 konnte der Dom endlich geweiht werden. Aber auch damals scheint er noch nicht vollendet gewesen zu sein, vielmehr drohten die hart an seiner Ostseite vorbeiströmenden Wogen des Rheins den Untergang des Banwerks. Der in der Baukunst hochberühmte Bischof Benno von Osnabrück (1068 — 1088) ward zu Hülfe gerufen und half jenem Uebel nicht nur ab, sondern scheint überhaupt den Bau gefördert zu haben. Die Verdienste Heinrich IV um den Bau waren so bedeutend, dafs er geradezu von der Mehrzahl der Chronisten als deren Erbauer gepriesen wurde. Besonders zu erwähnen ist noch, dafs er für eine Reliquie der heil. Afra, deren Körper man 1064 in Augsburg aufgefunden, der Nordseite des Langhauses, neben dem Kreuze, eine Kapelle anbauen liefs, welche bei seinem Tode noch nicht geweiht war, so dafs in ihr sein Körper von 1106 bis 1111 stand, bis er endlich im Dome neben seinen Voreltern feierlich beigesetzt werden konnte.

Aber noch war der Dom keineswegs vollendet. Auch Kaiser Heinrich V setzte alle Kräfte an Vollendung desselben und berief Bischof Otto den Heiligen von Bamberg zu dessen Vollendung. Wie lange er daran thätig gewesen, wissen wir nicht, wohl aber, dafs 1125 bei Heinrich V Tode, des letzten von den männlichen Nachkommen des Stifters, der Dom noch nicht vollendet war, indem wir wieder beim Jahre 1135 der Einweihung des S. Peter-Altares im nördlichen Kreuze erwähnt finden.

Nur zwei Jahre später wird uns aber von mehreren Chronikanten berichtet, dafs, wie zu Mainz, Strasburg und Goslar, damals auch der Dom zu Speier mit der Stadt niedergebrannt sei. Noch bedeutender wird der Brand des Jahres 1159 von dem gleichzeitigen Radevicus mit den Worten geschildert: *Hoc anno insignis illa ecclesia et regium opus apud Spiram civitatem igne consumpta est, et desuper continuitate muri rupta, ruina molesta plerosque involvit.* Die Nachricht des Chr. Hirs. zum Jahre 1199, dafs Bischof Konrad von Scharfeneck (1199 — 1224) die Einkünfte der Kirche gemehrt und die Gebäude hergestellt habe (*et structuras aedificiorum reparavit*), bezieht sich wohl auf andere dem Stifte gehörige Gebäude.

Dagegen finden wir am Ende des XIII Jahrhunderts wiederum Nachrichten über bedeutende Verwüstungen, die den Dom trafen. In dem Streite, in den B. Heinrich v. Leiningen (1245—1272) am Ende seines Lebens mit der Stadt gerieth, und der auch noch nach seinem Tode fortdauerte, ward der Dom mit seinen Nebengebäuden ganz ausgeplündert. Als dieser Streit geschlichtet worden, stieg der Zweifel auf, ob der Dom überhaupt jemals richtig geweiht worden sei. Bischof Friedrich von Bolanden (1272—1302) weihte ihn daher im Jahre 1281 feierlich ein. Aber schon 1289 wird wieder von einem wüthenden Brande berichtet, der die Mauern des Domes stark beschädigt hatte. In Folge der vom Papste deswegen ertheilten Ablafsbriefe kamen das erstemal 15,000 Goldgulden baar und 2500 in Kleinodien ein, das zweitemal aber 3000 Goldgulden.

Ich schweige der späteren Brände, z. B. von 1450, und namentlich der französischen Mordbrennerei von 1689. Durch letztere Verwüstung wurde der Dom seinem Untergange nahe gebracht, und nur die seit 1772 ausgeführte äufserst geschickte Restauration des Würzburger Architekten Neumann, dessen wir schon bei der Herstellung des Mainzer Doms rühmlich gedenken mufsten, läfst im Innern den Schaden, der dem Dome gemacht wurde, weit geringer schätzen, während desselben Architekten Herstellung des westlichen Theiles des Aeufsern im höchsten Grade ungeschickt und das Auge verletzend ausgefallen ist. Wir bedauern innigst, dafs die neueste Restauration sich nicht vorzugsweise der Beseitigung dieser schreiendsten Mifsbräuche unterzog, während durch die Ausmalung des Inneren zwar viele schöne neuere Kunstwerke geschaffen worden, der alterthümliche Charakter des Ganzen aber doch zu wenig berücksichtigt wurde, indem man sich nicht scheute, selbst alte Gliederungen etc. der modernen Malerei zu Liebe wegzuhauen.

Die alten Annahmen zweifelten nun nicht im mindesten daran, dafs der Dom bis zu den Zeiten der Zerstörung von 1689 hin, und in den damals unverletzt erhaltenen Theilen noch jetzt, wesentlich der unter den fränkischen Kaisern vollendete Bau sei. Namentlich hat Geissel dieser Annahme in seinem ausführlichen Werke den bestimmtesten Ausdruck gegeben. Die Grofsartigkeit des ganzen Baues, der unter allen romanischen Kirchen auf den

Beschauer den gewaltigsten Eindruck macht, dabei die Einfachheit der Details, welche selbst an Rohheit streift, schienen in
jeder Weise dem Charakter zu entsprechen, den man von dem-
jenigen Bauwerke zu erwarten hatte, das von einem ganzen Kai-
sergeschlechte auf der Höhe der Macht des deutschen Reichs im
XI Jahrhundert gegründet und mit allem Eifer fortgeführt worden
war, um den höchsten irdischen Herrschern des Erdkreises als Ru-
hestätte zu dienen.

So viel ich weiß, war es Wetter, der zuerst (S. 29 der oben-
gen. Schrift) auf die Verheerungen des Brandes in der Mitte des
XII Jahrhunderts hinwies, ohne jedoch die darauf zu gründenden
Folgerungen weiter auszuführen. Daß er 1165 statt 1159 als Datum angiebt, beruht wohl nur auf einem Schreib- oder Gedächt-
nißfehler. Kugler stellte zuerst (Kunstgesch. S. 467) ganz bestimmt die Annahme auf, daß der Dom, dessen Structur er gleich
seinen Vorgängern als einen durchaus einigen und aus einer und
derselben Zeit herrührenden Bau anerkannte, erst nach dem ver-
derblichen Brande von 1165 aufgeführt worden sei; die irrthüm-
liche Jahrzahl entnahm er wohl aus Wetter. Er nimmt an, daß
die Architektur desselben die letzte und höchste Vollendung derjenigen Prinzipien zeige, welche schon über hundert Jahre früher
im Mainzer und sodann im Wormser Dome (1110 geweiht) beabsichtigt worden seien.

Gegen letztere Annahme trat nun Schnaase in einem Aufsatze des Kunstblatts (1845, S. 263 seq.) auf. Er charakterisirt in
der ihm eigenthümlich feinen Weise das Eigenthümliche, welches
den genannten drei Domen gemeinsam ist, und sie vor allen anderen Kirchen auszeichnet. Sodann Kuglers Annahme der Erbauung des Mainzer Domes zwischen 1009 und 1037 völlig zustim-
mend, die Zeit der Errichtung des Wormser nicht weiter berüh-
rend, schildert er ausführlich die Erbauung des Speierer Domes als
vorzugsweise aus der Zeit Heinrich IV herrührend, den Brand von
1159 oder 1165 als unbedeutend und selbst ungewiß hinstellend.
Er macht sich selbst den Einwurf, daß, da die mit dem Dome
gleichzeitig begonnene Klosterkirche zu Limburg eine Säulenbasi-
lika mit gerader Decke sei, man daher vermuthen könne, „daß nur
dieses System den Baumeistern des Kaisers bekannt und angewen-
det worden. Allein diese Vermuthung ist schwerlich die richtige.
Der Dom in Mainz war damals begonnen, wenn auch nicht vollendet; er ist, wie erwähnt, schon in seiner Anlage auf Gewölbe be-

rechnet. Die Architekten Konrads kannten daher schon, wenn sie auch noch kein vollständiges System vor Augen hatten, das System der gewölbten Basiliken. Man darf daher nicht geradezu annehmen, dafs der Speierer Dom werden sollte, wie die Limburger Kirche."

Das Fundament der Feststellungen Schnaases bildet also der Mainzer Dom. Nachdem derselbe aber im Obigen als ein Werk des XII Jahrhunderts nachgewiesen worden, kann er nicht ferner als Beweis für die Erbauungszeit des Speierer Doms im XI Jahrhundert dienen, wenn letzterer, wie auch Schnaase nicht verkennt, von jenem abhängig ist. Dagegen wird der Vergleich mit der Limburger Kirche nur um so bedeutungsvoller.

Aus den genauen Aufnahmen der Ruinen dieser Kirche in dem schon genannten Werke von Geier und Görz ist es möglich, dieselbe genau kennen zu lernen. Es war eine Basilika mit einem Langhause von je 10 Säulen auf jeder Seite, die durch Rundbögen mit einander verbunden und von einer höheren Fensterwand überstiegen waren, einem Qnerhause mit 4 Rundbögen zu den 4 Seiten der Vierung, und einem quadratischen Altarhause, unter dem sich eine eben so grofse, von vier Säulen getragene Krypta befand. Das Altarhaus ist gegen Osten geradlinig geschlossen, während jeder Kreuzarm eine besondere halbkreisförmige Altarnische hat. Vor dem Mittelschiffe liegt eine von vier Säulen, je zwei hintereinander, getragene offene Vorhalle, zwei runde Treppenthürme erheben sich zu den Seiten der Westfront.

Diese Anordnung weicht nicht wesentlich von derjenigen ab, welche wir bei allen sicher datirten Kirchen des XI und eines guten Theil des XII Jahrhunderts überall in Deutschland finden. Die wenigen Details, welche die Kirche schmückten, namentlich die einfachen Würfelkapitäle in ältester Form, zeigen die für das XI Jahrhundert charakteristische Form. (S. meine Abh. über die Chronologie der Gebäude in Cöln, bis zum XI Jahrhundert; in den Bonner Jahrb. d. Vereins v. Alterth.-Freunden im Rheinland, X und XIII). Auch die Gesimse der Krypta sind für diese Zeit charakteristisch, während das schräge Schmiegengesims ohne Detail, welches in der ganzen Kirche sonst allein herrscht, auch noch in den folgenden Jahrhunderten bis zum Aufhören des romanischen Styls vorkommt. Endlich das aus Bruchsteinen aufgeführte Mauerwerk — nnr die Säulen, Wandpfeiler etc. sind von Quadern desselben rothen Gesteins errichtet — zeigt die für das XI Jahrhundert charakteristische mittlere Gröfse und sorgsamere Bearbeitung. Auch die sehr grofsen und in der Leibung nur wenig eingezogenen Fenster deuten auf jene Zeit hin.

Wenn wir in allem diesem diejenigen Eigenthümlichkeiten nicht verkennen können, welche dem XI Jahrhundert charakteristisch sind (nur der gerade Abschlufs des Chores und der Bogenfries unter dem Gesimse ist auffallend), so zeichnet sich dieser Bau vor fast allen anderen jener Zeit durch seine bedeutenden Maafse aus. Eine Breite des Mittelschiffs von 38½ Fufs, eine Länge desselben von 4mal dieser Breite, und eine Höhe von 75 Fufs kommt in Deutschland bei ungewölbten Basiliken höchstens nur noch einmal, bei der jetzt leider auch halb zerstörten Klosterkirche zu Hersfeld, vor. Eine solche Auszeichnung mufs nothwendig einen besonderen Grund haben, den wir bei der Limburger Kirche sehr einfach in der besonderen Fürsorge erkennen, welche Kaiser Konrad dem Kirchenbaue widmete, der auf der Geburtstätte seines Hauses errichtet werden sollte. Die Mächtigkeit des Baues ist daher ein weiteres Zeichen seines Entstehens in jener Periode, und dafs bei demselben mit allem Aufwande das Höchste geleistet werden sollte, dessen man überhaupt fähig war.

Vergleichen wir nun hiermit den Dom zu Speier, so erkennen wir nicht nur denselben auszeichnenden Charakter, sondern selbst den einer noch gröfseren Mächtigkeit, zugleich aber ein von jenem Baue so vollständig verschiedenes Bausystem, dafs, so lange man eine auf Formenentwickelung beruhende Architekturgeschichte annimmt, es unmöglich ist, beide Bauwerke, wie sie in ihren charakteristischen Theilen vor uns liegen, als wesentlich nicht nur gleichzeitige und benachbarte anzunehmen, sondern vielmehr auch als solche, die derselbe mächtige Bauherr mit gleichem Eifer und gleichem Aufwande einem und demselben Bischofe zur Ausführung übergab. Um die Entscheidung dieser ästhetischen Zweifel zu einer völligen Sicherheit zu führen, ist wieder zuvor eine genauere Untersuchung des Bauwerkes nothwendig, welches der besondere Gegenstand dieses Kapitels ist.

Nachdem ich bereits schon im Jahre 1843 bei Gelegenheit eines damals leider nur sehr flüchtigen Besuchs die entschiedene Ansicht gewonnen, dafs in den alten Theilen des Domes zu Speier (von Neumanns Ergänzungen ist hierbei natürlich nicht die Rede) zwei wesentlich verschiedene Bauzeiten zu unterscheiden seien, indem namentlich die unteren Theile der beiden viereckigen Ostthürme

ohne allen architektonischen Zusammenhang mit den augrenzenden
Bautheilen des Quer- und Altarhauses seien, denen aber die oberen
reicher ausgebildeten Geschosse derselben Thürme, so wie der gröfste
sichtbare Theil des Doms entspreche, war es mir im Jahre 1847
vergönnt das ganze Bauwerk in Gesellschaft meines Freundes Lang,
jetzt Professor in Marburg, und des Herrn Architekten Geier aus
Mainz genau zu besichtigen. Wir hatten zuvor zu gleichem Be-
hufe den Mainzer Dom so wie neben anderen Kirchen auch Kloster Limburg untersucht. Ueberall waren Langs und meine Ansicht über diese Bauwerke zusammengetroffen, und Geiers Aufschlüsse über den Speierer Dom, den er zu seiner Herausgabe ge-
messen, waren uns von besonderer Wichtigkeit, da er sich durch
vielfache Untersuchungen, namentlich über alle Zusätze vergewissert
hatte welche durch Neumann bei der Herstellung des Doms hinzugefügt worden waren. Ich bedaure deshalb doppelt, dafs die in so
schöner Weise begonnene Herausgabe dieser Aufnahmen seit 1848
unterbrochen worden ist, wo wir genaue Aufschlüsse über die älteren
Theile und die späteren Zusätze zu erhalten hoffen durften *).

Unsere Untersuchung fiel aufserdem in eine durch besondere
Umstände sehr günstige Zeit. Noch waren die Freskomalereien
erst begonnen und hinderten deshalb nicht die Untersuchung des
Mauerwerks: gegentheils war der alte Putz, behufs eines neuen
Auftrags für jene Ausschmückung, theilweise abgeschlagen, und
liefs so das innerste Mauerwerk an wichtigen Stellen der Betrachtung offen.

Zunächst konnten wir, die wir so eben von Limburg kamen,
die völlige Uebereinstimmung der Säulen der Krypta mit ihren
Würfelkapitälen und zierlichen Basen, der schrägen Deckplatten
und gleichen Gesimse u. s. w., so wie die ganze Behandlung des
Bruchstein-Mauerwerks, mit dem was wir dort gesehen, nicht verkennen so dafs wir keinen Zweifel über die Gleichzeitigkeit dieses
ältesten Theils des Domes mit jener gleichzeitig begonnenen Kirche
konnten aufkommen lassen. Wenn nun aber die Obertheile dieser

---

*) Leider ist in den sonst so schönen Aufnahmen, so weit sie bis jetzt erschienen
sind, keine Andeutung des Mauerwerks der verschiedenen Bauzeiten gemacht worden,
auch da, wo keine grofse Kritik dazu gehört, solches zu erkennen, wie in den erst sehr
modernen Abschrägungen der Westseite der östlichen Abtheilung der Krypta. Es ist
zu wünschen, dafs bei Wiederaufnahme der Herausgabe hierin kritischer verfahren werden möge. Auch bedaure ich, im Texte, welcher erst nach unserer vorgenommenen Besichtigung erschien, keinerlei Andeutung über diejenigen Verschiedenheiten des Mauerwerks, und die darauf gegründeten historischen Folgerungen zu finden, welche bei unserer gemeinsamen Besichtigung von uns auch gemeinsam anerkannt wurden.

östlichen Bautheile, namentlich im Aeufseren, Formbildungen zeigten, welche hiermit wenig zusammenstimmten, so war an den tiefen Fensterleibungen der Krypta (die Mauern sind hier 16—21 Fufs dick) sehr bald zu erkennen, dafs das ganze alte Mauerwerk auf mehrere Fufs Dicke ummantelt sei, indem sich dort die Ansätze des neueren an das ältere Mauerwerk zum Theil sehr scharf ausgezeichnet fanden. Hiermit im Zusammenhange bestätigte sich denn auch die oben ausgeführte Ansicht von einem höheren Alter des unteren Theiles der viereckigen Ostthürme, deren Wände nur von kleinen und schmalen Schlitzfenstern durchbrochen werden. Sie gehören, bis gegen die Höhe der Kirchmauern hinauf, derselben Bauperiode wie die Krypta an, und werden daher von den späteren Aufsenmauern des Quer- und Altarhauses so zu sagen eingeschachtelt, denen dann mit letzteren gleichzeitig die oberen Geschosse der Thürme mit ihren von Säulen gestützten Fenstergruppen hinzugefügt wurden. In wiefern das Altarhaus und Querhaus auch im Oberbaue nur umschachtelt, oder ganz und gar neugebaut worden sind, liefs sich nicht mehr erkennen. Die hohe Einfachheit des Altarhauses, welches von einem 3 Fufs dicken Tonnengewölbe überspannt ist, liefse namentlich wohl die erste Annahme zu, doch spricht dagegen wieder der Umstand, dafs man auf den gegen das Altarhaus gewendeten Seiten vom Innern der Treppenthürme aus je zwei schmale vermaucrte Fenster übereinander bemerkt, die den anderen völlig gleich sind, und ehemals gleichfalls offen waren, ehe das Chorhaus an dieser Stelle seine jetzige Höhe erreichte. Es steht aber nichts der Annahme entgegen, dafs das Innere dieser Chorwände bis zu der genannten Höhe hinauf noch dem alten Baue angehöre, und nur die Gewölbe später hinzugefügt wurden.

Höchst wichtig war es noch, nach Entfernung des Putzes zu bemerken, wie die Wände der Seitenschiffe, von Innen gesehen, gleichfalls genau dasselbe Bruchsteinmauerwerk wie jenes zu Limburg zeigten, von gleicher Beschaffenheit, Form, Gröfse und Bearbeitung der Steine wie dort, woraus denn wieder auf Gleichzeitigkeit der Entstehung zu schliefsen war. Nicht minder wichtig war es aber, gerade hier bemerken zu können, wie die Pfeilervorsprünge mit den davorgelegten Halbsäulen, welche hier jedesmal den Pfeilergruppen des Mittelschiffs entsprechen, und welche zur Stütze des Gewölbes der Seitenschiffe dienen, nicht zum ursprünglichen Mauerwerke gehören, vielmehr, dafs das alte Mauerwerk in nöthiger Breite erst nachträglich ausgeschroten wurde, um jene aus

Quadern gebildeten Wandpfeiler in sich aufzunehmen. Letztere sind nirgend, wie es sonst bei ursprünglichen Anlagen des Mittelalters geschieht, dem Bruchsteinmauerwerke eingebunden, sondern man erkennt sehr deutlich, wie die durch das Ausbrechen des Mauerwerks entstandenen Lücken, soweit sie nicht von den Quadern der Pfeiler eingenommen werden, nachträglich durch kleinere Steine ausgezwickt wurden.

Diese Entdeckung war schließlich entscheidend, um das Verhältniß des älteren und neueren Baues zu einander zu erkennen. Der ältere Bau hat nicht nur im Altar- und Querhause die Ausdehnung des jetzigen Domes gehabt, was durch die gleiche Ausdehnung der ursprünglichen Krypta erwiesen ist, sondern auch das Langhaus hatte gleich anfänglich die mächtige Größe, die wir an ihm noch jetzt bewundern. Aber zugleich erkennen wir, daß diejenigen Kennzeichen der Seitenwände, welche ein nothwendiges Kriterion des Gewölbebaues sind, erst später hinzugefügt wurden, so daß man hierdurch zu der Annahme genöthigt wird, der ursprüngliche Bau sei nicht mit einem Gewölbe überspannt gewesen, sondern habe, wie Limburg und alle übrigen bekannten Kirchen des XI Jahrhunderts, die Gestalt einer Basilika mit flacher Decke gehabt.

Wenn die Westwand des Langhauses, gegen die Vorhalle zu, mit ihrem in einfach rechten Winkeln nach jeder Seite hin sechsmal gegliederten Rundbogenportale und den jetzt innerhalb der Mauern versteckten runden Treppenthürmen wahrscheinlich gleichfalls noch dem ersten Baue angehören, so zeigt dieser eine Längenausdehnung, die der jetzigen ebenfalls vollständig entspricht.

Stellen wir uns, nach diesen sicheren Anhaltspunkten, ein Bild der ursprünglichen Anlage her, so erhalten wir eine Kirchenanlage, die derjenigen, die wir noch jetzt in Limburg vor Augen haben, sehr genau entspricht, nur daß ihre Maaße die dortigen, an sich schon so außergewöhnlichen, in jeder Beziehung noch bedeutend übertreffen. Anstatt 85 Fuß, welche das ganze Langhaus zu Limburg innerhalb der Umfassungsmauern breit ist, beträgt dieses Maaß in Speier 110 Fuß, die Länge desselben dort 147 Fuß, hier 225, und demgemäß alle übrigen Abmessungen. Hat das ursprüngliche Mittelschiff, wie nicht wohl anders anzunehmen, eine der jetzigen Gewölbekirche entsprechende Breite von circa 42 Fuß und, wie zu Limburg, hiervon das Doppelte, also c. 85 Fuß zur Höhe gehabt (welche Höhe die Mauern des Mittelschiffs noch jetzt bis zum Anfange des oberen Bogenganges der Außenseite haben), so gewin-

nen wir hierdnrch den Eindruck einer Basilika, welche alle anderen
diesseit der Alpen und während des Mittelalters errichteten weit
hinter sich zurückläfst, und daher von den Zeitgenossen mit Recht
als ein Wunderwerk gepriesen werden konnte, würdig des regen
Eifers, den ein hochstehendes Kaisergeschlecht darauf verwandte.

Steht demnach nun die Bauweise des ursprünglichen Doms zu
Speier zu der gleichzeitigen des Klosters Limburg in richtigem
kunsthistorischen Verhältnisse, so dafs deren wesentliche Ueberein
stimmung nicht mehr verkannt werden kann, so ist doch anderer-
seits wieder die individuelle Verschiedenheit beider und der Vorrang, der dem Dome gegen die Klosterkirche gebührt, nicht minder offenbar. Die in jeder Hinsicht bedeutenderen Maafse, welche
bei der Klosterkirche schon so ungewöhnlich sind, zeichnen den
Dom zunächst vor derselben aus. Aber auch die grofse Ausdehnung der Krypta, der keine andere an Gesammtgröfse beikommt,
die reichere Ausbildung des Chorschlusses durch die halbkreisförmige Absis (welche schon in der ursprünglichen Krypta ausgespro-
chen ist) und der erhöhte Königschor am Ostende des Mittcschiffes,
hart vor dem Querhause, sowie die zweimal zwei Thürme, welche
über das Gebäude hinaufstiegen, geben dem Dome eine wesentlich
höhere Rangstufe.

Ob die Anlage einer der jetzigen an Gröfse entsprechenden
Vorhalle noch dem ursprünglichen Bane angehört, wage ich nicht
zn sagen, wo grade dieser Bautheil so vorzugsweise viel durch die
Zerstörung von 1689 und den Neubau von 1772 gelitten hat. Auch
ist die Entscheidung darüber schwierig, ob das Langhaus ursprünglich, wie zu Limburg von Säulen, oder wie bei anderen gleichzeitigen Kirchen (namentlich in Süddeutschland) von viereckigen Pfeilern gestützt wurde. Die grofse Breite und Höhe des Gebäudes
würde letzteres als sehr annehmlich erscheinen lassen. Wollte man
dieser Annahme zustimmen, so könnte man wieder die Frage auf-
werfen, ob der viereckige Kern dieser Pfeiler etwa noch der ursprüngliche sei, dem nur die Halbsäulen und Lissenen, wie bei den
Wänden, vorgesetzt seien. Die gleiche Stärke der Haupt- wie der
Zwischenpfeiler würde diese Annahme sehr unterstützen. Auch
schien es mir, als ob bei einigen der alten Pfeiler der spätere Ansatz der Vorlagen wirklich zn erkennen sei, indem die Lagerfugen
durch dieselben nicht gleichmäfsig hindurchstreichen: dagegen sind
die Spuren doch auch nicht sicher genug, um eine solche Annahme
bestimmt annehmen zu können. Auch ist bei dieser Untersuchung

die höchste Vorsicht nöthig, da nach Geiers mündlicher Mittheilung, er durch die genaueste Untersuchung des Gebäudes nicht
minder wie der schriftlichen und mündlich überlieferten Nachrichten zu der sicheren Ueberzeugung gekommen sei, daß nur die beiden östlichen Quadrate des Mittelschiffs von der Zerstörung von
1689 unversehrt geblieben seien, alle übrigen aber mehr oder weniger, und nicht blos in den Gewölben, erneuert werden mußten.
Selbst die Kapitäle der Halbsäulen u. s. w. seien hier durchgehend
nur von Gyps wieder hergestellt.

Nach Durchmusterung des Hauptbaues müssen wir noch einen Blick auf die Afrakapelle werfen. Sie liegt, wie schon oben
gesagt wurde, in dem Winkel, den das Langhaus mit dem nördlichen Arme des Querhauses bildet. Sie besteht aus vier fast quadratischen Kreuzgewölbe, im Rundbogen ohne Rippen, die von Osten
nach Westen die Ausdehnung eben so vieler Gewölbeabtheilungen
des nördlichen Seitenschiffs begleiten, und sich auf zierliche Säulchen stützen, welche jederseits frei vor der Wand vortreten. Die
Seitenwände selbst sind als Rundbogenarkaden über Pfeilern ausgebildet, deren zwei östliche von Anfang an, die beiden westlichen
aber erst nachträglich durch Füllungsmauern geschlossen wurden.
Der Anfang einer Absis, die Nische gegen Osten gerichtet, beginnt
neben der Nordwestecke der Kapelle, als ob hier noch ein neues
Nebenschiff neben einem gegen Westen zu verlängernden Baue be-
ginnen sollte. Alle Details sind von großer Zierlichkeit, die Käm-
pfer- und Bogenprofile des Aeußeren von elegant ausladender Form*),
den römischen verwandt, aber zierlicher. Die Kapitäle der inneren
Säulchen haben antike Hauptformen, meist compositer Art, einige
mit ganz römischem Blattwerk, andere mit fast byzantinischem,
noch andere, zum Zeichen, daß sie an Ort und Stelle vollendet
wurden, sind nur en bloc vorgehauen oder erst im Blattwerk begonnen.

Diese an sich auffällig antikisirenden Formen lassen den Beschauer wohl die Frage aufstellen, ob wir hier nicht die ursprüngliche Kapelle vor Augen haben, welche nach 1064 von Heinrich
IV erbaut wurde und in der sein todter Körper 5 Jahre über der
Erde stand? Verstärkt wird der Eindruck noch dadurch, daß die
Kapelle offenbar nicht völlig beendet worden ist (sie war eben bei
jenes unglücklichen Kaisers Beisetzung noch nicht geweiht), und

---

*) S. Bl. III Fig. 3.

3 *

dafs ihre Aufsenmauer offenbar an die jetzige Ostmauer des nördlichen Querhauses später angesetzt worden ist.

Wenn nun aber schon ausgeführt wurde, dafs die jetzige Aufsenseite jenes Querhauses nicht mehr die ursprüngliche ist, dafs also jene Kapelle jedenfalls noch später erbaut sein mufs, so kommt doch noch ein Umstand hinzu, der scharf ins Auge gefafst werden mufs. Wir waren so glücklich, diese Kapelle während einer Reparatur zu besichtigen, wobei die Gewölbe erneuert wurden, so dafs man durch sie hindurch die östliche an das Querhaus anstofsende Wand genau untersuchen konnte *). Hier sah man, durch die jetzige glatte Ostwand der Kapelle verdeckt, eine runde Altarnische innerhalb der Mauerdicke der Westseite des nördlichen Kreuzarmes der Kirche. Die Mauer darüber war mit derselben aus gleicher Bauzeit aufgeführt, da sie dasselbe Steinmaterial wie die Nische zeigt. In diese Mauer aber war späterhin, oberhalb der kleinen Halbkuppel, ein Halbkreis ausgeschnitten, um innerhalb desselben den östlichen Schildbogen und den Gewölbeanfänger der jetzigen rundbogigen Kreuzgewölbe einzulassen, die denn auch sehr geschickt eingefügt waren. Hieraus geht ganz offenbar hervor, dafs die jetzige Kapelle mit der alten Altarnische keinen Zusammenhang hat, und ihr erst später angefügt wurde. Jene Nische geht aber nicht weiter in das westliche Mauerwerk des nördlichen Querhauses hinein, als wie die voraussetzliche Ummantelung desselben beträgt, so dafs sie jedenfalls schon als ein späterer Ansatz an das ursprüngliche Mauerwerk anzunehmen ist. Noch bestimmter wird dies aber daraus erkannt, dafs sich gerade hinter dieser Nische im Innern der Krypta ein Fenster befindet, das durch ihren Vorbau nachträglich vermauert wurde.

Ans allem diesem folgt nun ganz unzweifelhaft zweierlei. Er-

---

*) S. die Zeichnung des nördlichen Theils dieser Ostwand mit dem Anfange des östlichen Theils der Nordwand auf Bl. III Fig. 4. Die Buchstaben bezeichnen:

a. Altarnische, später vermauert.
b. Frontansicht des sie einwölbenden Rundbogens.
c. Mauerwerk darüber, von gleichem Material und gleichzeitig mit b, in welchem
d. ein Bogen später ausgeschnitten wurde, um
e. den Gewölbeanfänger aufzunehmen, welcher auf
ff. einem späteren Wandgurtbogen aufruht. Beide sind von gleichem Material, das von dem bei a, b und c verwendeten verschieden ist.
g. Anfangssteine der späteren Kreuzgewölbe.
h. Späteres Mauerwerk der oberen Seitenwand, welche mit
i. den dasselbe tragenden Bögen, den Säulen, den Gewölben u. s. w. gleichzeitig ist, und ohne Verband mit c steht.
k. Spätere Vermauerung der älteren Altarnische.

stens, dafs jene ältere Altarnische der Afrakapelle nicht im Zusammenhange mit dem ursprünglichen Mauerwerke der Krypta steht, also wohl mit Sicherheit noch von dem Baue nach 1064 herrührt. Zweitens, dafs in Folge der Veränderungen, welche späterhin der Dom erlitt, und wo auch der ganze Osttheil der Kirche ummantelt wurde, nach Vollendung dieses Werks auch die Afrakapelle in ihrer jetzigen Gestalt als Gewölbebau erneuert wurde, wobei dann die Altarnische der älteren Kapelle vermauert und in der Wand darüber ein Schildbogen zur Aufnahme der neueren Gewölbe eingeschnitten wurde. Die Gleichheit des Materials der Scitenwände der Kapelle mit dem des genannten Schildbogens läfst erkennen, dafs damals auch die ganze Kapelle einschliefslich der Seitenwände und Gewölbe erneuert ward.

Nach diesen, auf einer vorzugsweise begünstigten Lokaluntersuchung sicher gegründeten Feststellungen dürfte die Frage, wann die einzelnen Theile des Domes errichtet wurden, keinen besonderen Schwierigkeiten mehr unterliegen. Die ganze Anlage desselben in seiner jetzigen Ausdehnung, mit der Krypta und einem guten Theile der Mauern, ist wirklich das hochgerühmte Werk des fränkischen Kaiserhauses, gehört also dem XI und dem Anfange des XII Jahrhunderts an. Aber alles dasjenige, was dem Dome seinen spezifischen Charakter verleiht, namentlich die grofsartige Gewölbearchitektur des Langhauses, gehört nothwendig einer späteren Bauzeit an. Dabei ist es von keiner grofsen Bedeutsamkeit, ob wir diese Erneuerung in Folge der Brände von 1137 oder 1159 geschehen lassen, da beide Jahreszahlen der Periode angehören, wo die Gewölbearchitektur so eben ihr Haupt erhob, um mit der allen ersten Anstrengungen eigenen Kraftentwickelung sogleich ihre grofsartigsten Unternehmungen auszuführen.

Vergleicht man die Architekturen von Mainz und Speier mit einander, so ist nicht zu verkennen, wie bei jener alle Bildungen etwas Ursprünglicheres haben, indem sie, so zu sagen, noch nicht den richtigen Ausdruck finden können für dasjenige, was sie darstellen wollen. Daher bei der grofsartigsten Conception überall eine rohe Unbeholfenheit. In Speier sind diese Härten zwar noch keinesweges ganz beseitigt, aber überall sieht man schon ein klareres Verständnifs hervorbrechen, ein Abwägen der bedeutenderen Formbildungen gegen die minder bedeutenden, ein stärkeres Hervorheben der ersteren, eine harmonischere Verbindung derselben. Dafs durch diese organischere Ausbildung nirgend die grofsartige

Gesammtconception beeinträchtigt wurde, ist das grofse, nicht genug zu preisende Verdienst des unbekannten Meisters dieser Architektur, der jedenfalls als einer der allerbedeutendsten anzuerkennen ist, die jemals in Deutschland gewirkt haben. Der Mainzer Dom ist gegen den in Speier roh zu nennen, die Mehrzahl der übrigen schwächlich oder überladen; nur im Speierer finden wir die Energie der romanischen Gewölbekirchen mit der nöthigen Formenentwickelung verbunden, aber diese auch nur so weit durchgeführt, als eben jener Hauptzweck nicht darunter litt.

Aus diesen inneren Gründen kann ich nicht umhin, unseren Dom, mit allen meinen Vorgängern, als erst nach dem Mainzer entstanden anzunehmen, dem offenbar die Priorität dieser ganzen Richtung gebührt. Wenn nun letzterer, wie oben gezeigt wurde, erst nach 1137 erbaut wurde, so dürfte unter den oben genannten Daten des Speierer Doms die Erneuerung nach dem Brande von 1159 den Vorzug verdienen.

Halten wir die bedeutenden Theile des Gebäudes im Gedächtnisse, welche durch den Brand nicht zerstört waren, und welche, namentlich beim Mittelschiffe, möglicherweise noch bedeutender sind, als wie wir es jetzt mit völliger Sicherheit erkennen können, so beseitigt sich auch der von Schnaase und Anderen erhobene Zweifel, dafs von einem Neuhaue nach 1159 nirgend die Rede sei: es war eben nur ein Herstellungsbau mit Hinzufügung von Gewölben. Uebrigens pflegen über solche Bauten, einschliefslich des XII Jahrhunderts, bis zu der Zeit wo die Ablafsbriefe im Gang kamen, selten archivalische Quellen vorhanden zu sein. Die meisten dergleichen Nachrichten verdanken wir den gleichzeitigen Chroniken, die aber einen stillen, ruhigen Umbau oder Forthau nur sehr selten erwähnen. Nur Unglücksfälle, wie der von 1159, werden häufiger aufgeführt. Wenn aber der entfernte Radevicus des 1159 geschehenen Schadens allein erwähnt, so können 100 Gründe aufgefunden werden, weshalb kein Anderer dasselbe thut, u. a. weil aus der Nähe überhaupt nicht viele gleichzeitige Chroniken vorhanden sind, und besonders, weil in der zweiten Hälfte des XII Jahrhunderts überall so viele Kirchen neu gebaut wurden, dafs von dem Ergänzungsbau einer einzelnen, wenn sie auch sehr bedeutend war, nicht mehr viel gesprochen wurde.

Bei der Annahme einer Basilikenform des älteren Speierer Doms, sei es mit Säulen oder Pfeilern des Langhauses, oder mit beiden, erledigt sich auch der Einwand von selbst, dafs ein Brand-

schaden einem so feuersicheren Bauwerke wenig habe anhaben können, da eben die feuersicheren Gewölbe desselben erst späterer
Entstehung sind, und deshalb auch den späteren Bränden zum
Theil mit grofsem Erfolge widerstanden haben. War das Schiff
von Säulen gestützt, so mufste es bei einem Brande mit den oberen Mauern gänzlich zu Grunde gehen; wurden letztere von Pfeilern getragen, so konnten sie erhalten bleiben und, wie es vielleicht wirklich geschehen ist, beim Neubau wieder benutzt werden.
Nur die gewölbte Krypta, der Königschor und ein grofser Theil
der Umfassungsmauern und Treppenthürme blieb wegen gröfserer
Stabilität wohl erhalten.

Noch ist hinzuzufügen, dafs die innere Architektur des Querhauses einen noch viel jüngeren Charakter als wie jene des Langhauses zeigt. Die Säulen, welche die Bögen der dort befindlichen
Altarnischen stützen, zeigen an Basen, Kapitälen und Deckplatten;
eben so die Bogeneinfassungen und übrigen Gliederungen jener
Nischen, einen höchst eleganten Charakter, der dem der Afrakapelle sehr verwandt ist, und deshalb auch wohl auf ziemlich
gleiche Entstehungszeit schliefsen läfst. Dagegen erscheint an den
Kapitälen der grofsen bis zum Gewölbe aufsteigenden Wandpfeiler
und Ecksäulen etwas Plumperes, ohne doch dabei im Mindesten
alterthümlich zu sein; vielmehr deutet die ganze Anordnung sogar auf
die späteste Zeit der romanischen Baukunst hin, und die mit ihnen
gleichzeitigen Gewölberippen sind geradezu als gothisirende zu bezeichnen. Ich zweifle daher nicht im mindesten, dafs diese letzteren Bauten in die letztmögliche romanische Bauperiode des Doms
fallen. Wir haben als Datum den Brand von 1289 und die für
Herstellung des Unglücks so einträglich gewesenen päpstlichen Ablafsbriefe, welche uns den Zeitpunkt für diese Bauten anweisen.
Es ist dies allerdings ein spätes Datum, aus einer Zeit, wo wir
gewohnt sind, die Herrschaft der edelsten Gothik anzunehmen.
Aber trotz dieser ganz sicheren Thatsache bin ich dennoch durch
vielfachste Beweise zu der Ansicht gekommen, dafs die einheimi-
sche romanische Baukunst noch lange neben jener fremdländischen
herging, ehe sie unterliegend den Kampf aufgab *). Wenn dies
auch anderwärts sich zeigt, so war ein Festhalten am Alten gerade
hier um so mehr am Platze, wo die ernste Stimmung der ganzen
Architektur des Doms wohl ein zähes Festhalten der ihr zu Grunde

---

*) S. die oben genannte Abhandlung über die Liebfrauenkirche in Halberstadt.

liegenden Prinzipien erklären kann. Uebrigens sind namentlich die Gewölbe dieses Querhauses schon als wirklich altgothische zu bezeichnen, und deshalb für jene Zeit nicht einmal auffallend zu nennen, da die Rippenprofile derselben den in der gothischen Architektur üblichen sich entschieden anreihen. Will Jemand den Grund jener jüngsten romanischen Bauten des Doms dagegen in den Verwüstungen um 1264 und in der Einweihung desselben im Jahre 1281 finden, so habe ich hiergegen nichts einznwenden, da der Unterschied der Jahre eben kein sehr wesentlicher ist, nnd es nur darauf ankam, die Wichtigkeit der uns aufbewahrten Nachrichten gegen einander abzuwägen; in welcher Beziehung mir die Nachrichten von 1289 seq. bedentender zu sein schienen.

IV.

DER DOM ZU WORMS.

Der dritte der drei grofsen mittelrheinischen Dome, der zu Worms, hat in seinem Haupttheile nur eine einzige Bauzeit. Nur der westliche Theil desselben ist der Zeit nach vom Uebrigen abzusondern. Die beiden westlichen Rundthürme in ihrem unteren Theile gehören einer älteren Zeit an; der westliche Chor, der spätesten des romanischen Styles. Die oberen Geschosse dieser Thürme sind eine spätgothische Erneuerung.

Der Architektur dieses Domes fehlt jener Stempel der strengen Originalität, der den beiden vorgenannten so eigenthümlich ist. Dieser Mangel wird dadurch nicht ersetzt, dafs, wie wir schon oben sahen, fast jede Bogenstellung einer jeden Seite Abweichungen zeigt; dafs Absonderlichkeiten vorkommen, wie die Grundform des östlichen Chorschlusses, welche im Innern halbrund, im Aeufsern aber geradlinig ist. Dergleichen deutet nicht auf Originalität, sondern auf Willkür hin, die wieder nur dann in einzelnen Fällen einzutreten pflegt, wenn das System, von dem sie eben abweicht, schon begründet ist. Die Dome zu Mainz und Speier haben das System der gewölbten Basiliken in Deutschland begründet; Worms ist schon aus obigen Gründen als eine Ableitung, als eine Nachgeburt, anzusehen. Dieses Verhältnifs wird noch durch die Bildung der einzelnen Details bestätigt. In allen Gesimsen, Profilen, Kapitälen, Basen u. s. w. erkenne ich abgeleitete Formen. Die Profile häufen sich; sie sind aus vielen willkürlichen Gliederchen zusammengesetzt, und rauben dadurch der im Ganzen noch grofsartigen Anordnung den Ernst, der die Dome zu Mainz[1] und

Speier so sehr auszeichnet, wogegen es nicht streitet, dafs die Kahlheit anderer Bautheile zu Worms, wie die der Zwischenpfeiler und der Aufsenwände, an Rohheit streift. Der Contrast des zu reich und des gar nicht Geschmückten ist unharmonisch und schwächlich. Wenn die Mehrzahl der Profile denen des Mainzer Domes verwandt ist; wenn die Kapitäle in ihrer abgestumpften Klotzform den dort befindlichen sich gleichfalls anschliefsen, und also zwar die Ableitung von dort bekunden, aber eben in ihren reicheren Ausbildungen das Streben darlegen, die dort noch herrschende Härte zu mildern; so zeigen andere Formen, dafs die Ausführung bereits in Zeiten geschah, wo Bauformen ganz anderen Ursprunges schon Sitte wurden. Dies zeigt sich besonders bei den Vierpässen, die bei einigen Bogenabtheilungen den leeren Raum zwischen den oberen Doppelfenstern, hart unter dem Gewölbe, einnehmen, und sich als durchaus ursprüngliche ausweisen; es ergiebt sich dieses sowohl aus der Construction als auch aus der mit kleinen Rundbögen und Zickzackmustern decorirten Profilirung. Ich halte selbst die Gewölbe in ihrer jetzigen Form, wenn schon selbstverständlich für den jüngsten Theil des Baues, dennoch nicht als eine spätere Erneuerung, sondern als die ältesten des jetzigen Gebäudes, trotz der Spitzbögen und der fast gothischen Profilirung der Kreuzrippen.

Kugler erkennt a. a. O. das abgeleitete Verhältnifs des Wormser Domes gegen den Mainzer gleichfalls an: „die Structur des Schiffs ist hier schon etwas mehr durchgebildet, die Gliederungen reicher, obgleich noch von schwerer Formation." Wenn er nun den Mainzer als den Bau von 1009 bis 1037 annahm, so war es kein Mifsverhältnifs, den Wormser als denjenigen Bau zu bezeichnen, der 1110 geweiht wurde. Dann aber wieder den Speierer als bedeutend jünger, als erst nach 1165 errichtet anzunehmen, konnte er doch unmöglich aus Gründen annehmen, die lediglich aus dem gegenseitigen Verhältnifs der Formen hergeleitet werden konnten, da dieser zwar gleichfalls in einem abhängigen Verhältnisse zu dem Mainzer Dome steht, aber in einem viel selbständigeren und weiter bildenden, als wie der zu Worms. Der letztere hat die beiden anderen bereits zur Voraussetzung, und eben dadurch wird seine, unter allen dreien späteste Erbauungszeit bedingt. Seine Formen kehren im Speierer Dome theilweise erst in dessen jüngsten Theilen, namentlich dem Inneren des Querhauses, wieder.

Die Nachrichten, die wir über Bauveränderungen am Dome in Worms besitzen, sind nur sehr dürftig. Ich gebe sie, so weit sie aus Schannats Hist. Ep. Warm. zu ersehen sind. Nach einem Neubaue ward der Dom 1016 noch unvollendet geweiht. Bischof Azecho baute neben dem Dome mehrere Oratorien und weihte im Jahre 1034 den Altar der Heiligen Hippolitus und Nicomedius im Dome selbst. Bischof Eppo, der um 1105 zur Regierung kam, baute den Dom wieder neu, und weihte ihn 1110 feierlich ein. Aber 1181 finden wir wieder eine höchst feierliche Einweihung, in Gegenwart Kaiser Friedrichs, nachdem Bischof Conrad II den Dom neu hergestellt hatte.

Nach den vorhergehenden Auseinandersetzungen kann der jetzige Dom nur mit dem letzteren Baue in Verbindung gesetzt werden. Aber damals wird er schwerlich ganz vollendet gewesen sein, und halte ich namentlich die oberen Theile des Schiffs für noch jünger, die Gewölbe sicherlich erst aus dem XIII Jahrhundert. Sie nähern sich schon dem spätest romanischen Style, in dem der westliche Chor erbaut worden ist. Die Architektur des letzteren entspricht völlig dem schon beschriebenen Westchore des Mainzer Domes, wird also derselben Zeit wie dieser zuzuschreiben sein, obschon uns darüber keine so guten Nachrichten aufbewahrt worden sind. Doch beziehe ich auf diesen Bau die Nachricht bei Schannat (S. 63), dafs das Oratorium S. Laurentii, wie der Westchor richtiger heifst, im Jahre 1234 mit 4 Beneficien begabt worden ist.

Die beiden westlichen Rundthürme zeigen in ihren unteren Theilen, wie schon gesagt wurde, eine entschieden ältere Architektur als wie der ganze übrige Dom. Sie werden wohl Reste des 1110 geweihten Baues sein.

Es ist eine bemerkenswerthe Erscheinung, welche wir schon bei den drei in Rede stehenden Kirchen beobachteten, dafs beim Neubau derselben, oder doch ihrer vornehmsten Bautheile, solche Doppelthürme noch Zeugnifs von einem früheren Baue ablegen, und dafs sie oft ganz allein, wie zu Mainz und Worms, denselben noch repräsentiren. Diese Erscheinung finden wir auch im übrigen Deutschland nicht selten. Schon in Worms zeigt die S. Georgskirche das ähnliche Verhältnifs, indem auch hier die beiden Rundthürme, mit Ausnahme des obersten Geschosses, entschieden älter sind, wie der ganze übrige Bau. Dasselbe gilt von den beiden Westthürmen des Doms in Würzburg, eben so von denen in Gernrode und den beiden runden Ostthürmen des Doms in Merseburg. Diese Thatsachen sind nicht als zufällige anzusehen. Das starke Mauerwerk solcher Thürme von nicht beträchtlicher Grundfläche, consolidirt durch die Wendeltreppen, welche die Mauern unter sich verbinden, leistet den Zerstörungen, namentlich durch Brand, einen grofsen Widerstand, besonders wo, wie bei der Mehrzahl derselben, die Grundform eine runde ist.

V.

VERWANDTE BAUWERKE AM MITTELRHEIN.

Wenn wir erkannt haben, daſs während eines vollen Jahrhunderts, vom Beginne des zweiten Drittels des XII Jahrhunderts an gerechnet, am Mittelrhein die im höchsten Grade bedeutende Bauform der gewölbten Basiliken ausgebildet wurde und an den drei groſsen Domen jener Gegenden zur Herrschaft gelangte, so ist es interessant, nachzuforschen, ob und in welcher Verbindung sie etwa mit anderen Bauwerken derselben Gegend stehen, und ob die obigen Ausführungen hierdurch etwa eine Beeinträchtigung erleiden oder durch sie bestätigt werden.

Leider bietet die einst an Klöstern, Stiftern u. s. w. überreiche *Aurea Moguntia* so gut wie gar keinen Vergleich mehr dar, da von denselben gar zu wenig erhalten worden ist; nur drei von den ehemaligen 9 Stiftern, und hiervon eine, S. Peter, in moderner Erneuerung, eine, S. Johann, in jämmerlicher Verstümmelung, und die dritte, S. Stephan, zwar in einer schönen, aber doch erst gothischen Erneuerung des XIV Jahrhunderts. Die schon seit den kurfürstlichen Zeiten begonnenen Festungswerke, die Erweiterung derselben durch die Franzosen und der letzteren so wie anderer Barbaren zwecklose Zerstörungen, haben fast Alles vernichtet. Speier hat nach den Verwüstungen Ludwigs XIV auſser dem Dome so gut wie gar nichts gerettet. Nur Worms ist es besser ergangen, und werden wir später auf dasselbe zurückkommen. Die Umgebung dieser Städte hat unter den vielfachen Kriegsgräueln aller Zeiten unserer Geschichte, wo sie stets ein Hauptzankapfel aller inneren und äuſseren Feinde war, vorzugsweise aber durch die Mordbrenner Ludwigs XIV und der französischen Revolutionärs unsäglich gelitten, daher auch sie wenig Ausbeute gewährt. Hierzu kommt noch, dafs wenige der erhaltenen Monumente ein sicheres Datum haben, und deshalb nicht viele zum Vergleiche herangezogen werden können.

Eine der bedeutendsten Kirchen der genannten Umgebung ist die S. Justinuskirche zu Höchst *). Die Form der Basilika mit einfachen Säulen, deren Kapitäle das korinthische Kapitäl in ziemlich antiker Form zeigen, mit einem eigenthümlichen Aufsatze, der sehr an byzantinische Vorbilder erinnert, liefs die Ansicht sehr annehmlich erscheinen, dafs die Kirche noch die der ersten Stiftung, zur Zeit Ludwig des Frommen, sei. Eine genauere Betrachtung zeigt alle Profile der Kämpfer, der Bögen nicht minder wie der Gurtgesimse als denen des Mainzer Domes in hohem Grade entsprechend: dieselben Gliederungen in derselben Folge **). Auch jene Kapitäle zeigen bei genauer Betrachtung nicht diejenigen charakteristischen Formbildungen, welche den ächtkarolingischen, z. B. von dem benachbarten Ingelheimer Pallaste, eigenthümlich sind; vielmehr diejenige Praxis, welche uns anderwärts für das XI und folgende Jahrhundert bekannt sind, z. B. an der dem XI Jahrhundert angehörigen Klosterkirche zu Echternach ***). Sie zeigen nicht einmal dieselbe so zu sagen ursprüngliche Bildung, welche die Kapitäle dieser letztgenannten bedeutenden Kirche immer noch auszeichnet, vielmehr schon etwas kleinlichere Formen der Detailbildung, namentlich an den zierlich decorirten Volutenstengeln.

---

*) In der Fortsetzung der Mollerschen Denkmäler von Gladbach finden sich recht gute Abbildungen dieser Kirche, bei denen aber besonders die Mittheilung aller Profilirungen vermifst wird. Das Werk leidet anfserdem daran, dafs es in demselben an einem gemeinverständlichen deutschen Maafsstabe fehlt. Der nach dem französischen Metermaafse ganz willkürlich gebildete hessendarmstädter Fufs ist aufser diesem kleinen Lande völlig unbekannt. Es würde gut sein, den verbreitetsten Maafsstab, den Rheinländischen, überall bei dergleichen Aufnahmen zum Grunde zu legen, wie es denn auch schon in den bedeutendsten Puhlicationen von Moller, Boisserée, Geier u. s. w. geschehen ist.

**) S. auf Bl. V Fig. 1 die Kämpfer des Bogens zwischen Schiff und Querhaus; Fig. 2 zwischen nördl. Seitenschiff und Querhaus; Fig. 3 zwischen Kreuzmittel und südl. Kreuzarm; Fig. 4 zwischen Kreuzmittel und nördl. Kreuzarm; Fig. 5 Gurtgesims über den Bögen des Mittelschiffs.

***) S. die Abbild. bei Schmidt Alterth. von Trier etc. II 8. Wenn Kugler nach eigener Ansicht (Kunstgesch. S. 865) sie als antike, einem spät-römischen Monumente entnommene, ansieht, so habe ich dieselben sowohl nach der genannten Abbildung als auch aus eigener Anschauung nur als Werke des XI Jahrhunderts erkennen können. Antike Kapitäle, ohne Ausbildung des Blattwerks, kenne ich nicht in so grofser Reihenfolge, wie hier in Echternach; auch sind sie nie so unverletzt erhalten, wie hier, sondern mehr oder weniger an den Ecken, am Laubwerk etc. verstümmelt; endlich zeigen sie eine durchaus verschiedene Technik und Behandlung der Details. Dasselbe gilt von den Kapitälen in Höchst.

Diese partielle Ausbildung zeigt an, dafs man wohl nicht beab-
sichtigte, die nur roh zugehauenen Blätter weiter auszubilden.

Nimmt man diese Momente zusammen, so führen sie zu dem
Resultate, dafs der Bau dieser Kirche in eine Zeit fallen müsse,
welche der des Mainzer Domes nahe steht, ihr aber doch voran-
geht. Wenn wir nun die Nachricht finden, dafs Erzbischof Rut-
hard von Mainz die ganz verfallene Kirche dem Stifte S. Alban
daselbst im Jahre 1090 zum Besitze und zur Erneuerung übertra-
gen habe *), so darf man nicht daran zweifeln, dafs das gegenwärtige
Lang- und Querhaus der Kirche zu Höchst erst dieser Erneuerung
ihre Entstehung verdanken. Hierdurch würde bewiesen, dafs die dem
Mainzer Langhausbaue eigenthümlichen Profilirungen in jener Gegend bereits seit dem Ende des XI Jahrhunderts herrschten, nicht
aber das denselben vorzugsweise auszeichnende Prinzip des Gewölbebaues, da das Langhaus von Höchst von der Anordnung alt-
christlicher Basiliken mit hölzerner Decke noch so gut wie gar
nicht abweicht.

Zu ähnlichen Betrachtungen führen uns die Reste der Kirche
des Klosters Lorsch. Ich übergehe hier die Streitfrage wegen der
Erbauungszeit der berühmten Vorhalle, als hier zu weit führend,
indem ich nur kurz anführe, wie ich trotz aller neueren Einwen-
dungen an den zuerst von Moller aufgestellten Annahmen fest-
halte, dafs dieselbe ursprünglich eine Eingangshalle zum Vorhofe
der Kirche war, und erst nachträglich, am Ende des XII oder
Anfange des XIII Jahrh. durch Vermauerung der Rundbogenöffnun-
gen und Anbringung eines Altarbogens mit Zickzackverzierung zur
S. Michaelskapelle umgewandelt worden ist, und dafs ich dieselbe
wesentlich für karolingisch halte, wobei es verhältnifsmäfsig gleich-
gültig ist, ob man sie dem VIII oder IX Jahrhundert übereignen
will. Die Kirche selbst ging aber zweifellos in dem Brande von
1090 zu Grunde und der bald darauf begonnene Neubau ward erst
1130 vom Erzbischof Adalbert von Mainz, dem Erbauer der Gothardskapelle an letzterem Orte, eingeweiht. Der noch erhaltene
Theil der Kirche, drei Bogenstellungen des Mittelschiffes zu jeder
Seite, zeigt einen einfachen Basilikenbau über Pfeilern mit Käm-
pfern, deren Profilirungen, sowie das Gesims über den Rundbögen des Mittelschiffs, wieder völlig im Charakter derer des Mainzer Domes sind, und deshalb wieder als ziemlich gleichzeitig, we-

---

*) S. die Urk. bei Joannis II. S. 738.

gen Mangels aller Gewölbe des Innern aber als etwas älter zu halten sind *). Aus diesen Gründen wird man daher nicht fehlschiefsen, den jetzigen Bau als Rest des zwischen 1090—1130 ausgeführten anzusehen. Wenn nun aber von noch späteren bedentenden Bauten mit Gewölben berichtet wird, so kann sich dies nur auf die jetzt zerstörten östlicheren Theile der Kirche bezichen, deren ehemalige Form uns jetzt nicht mehr bekannt ist.

Einen ferneren Vergleich gestattet die dem heiligen Remigius gewidmete ehemalige Pallast- jetzige evangelische Kirche zu Ingelheim. Sie hat fast die Grundform eines griechischen Kreuzes, dessen Arme nicht ganz so lang wie breit sind; der des Schiffes gegen Westen war ehemals länger; der östliche schliefst sich sogleich als halbkreisförmige Altarnische dem Kreuzmittel an. In den Winkeln der letzteren steigen aufserhalb Thürmchen empor, denen im Innern von Consolen getragene Rundbögen hart unter der Decke als Stütze dienen. Nirgend ist eine Spur von Gewölben sichtbar, noch sind die Mauern nur stark genug, um sie zu tragen. Die Details, namentlich der Kämpfer, auf denen die das Kreuzesmittel abschliefsenden Rundbögen und die Halbkuppel der Altarnische ruhen, zeigen meist die in der Mitte des XII Jahrhunderts besonders in Norddentschland üblichen Formen der schräg übereinander versetzten Vierecke, der wechselnd gebrochenen Stäbe u. s. w. oder auch tief ausgegrabener palmettenartiger Verzierungen **); andere aber, namentlich die den westlichen Bogen stützenden Kämpfer, zeigen wieder genau die Mainzer Profile. Es ist daher nicht daran zu zweifeln, dafs diese Kirche zu den Herstellungsbauten gehörte, die Kaiser Friedrich im Jahre 1154 ausführen liefs. Merkwürdig ist das Gemisch norddentscher und mittelrheinischer Bauformen an diesem Gebäude, das jedoch wesentlich, auch in dem röthlichen Materiale, dem letzteren Baukreise angehört. Die andere, jetzt katholische Kirche desselben Orts und alle den Rhein weiter abwärts gelegenen Ortschaften gehören aber schon dem niederrheinischen Tufsteingebiete an, dessen Metropolis Cöln demnach ihren

---

*) S. auf Bl. V Fig. 6 den Kämpfer des ersten Pfeilers der Südseite, von Westen; Fig. 7 des dritten daselbst; Fig. 8 das Gurtgesims im Innern des Mittelschiffs, über der Bogenstellung. Der Kämpfer des zweiten Pfeilers der Südseite mit verschlungenen bandartigen Blättern ist in Mollers Denkm. abgebildet. Alle übrigen Details, namentlich auch die der Nordseite, fehlen oder sind verdorben.

**) S. einige derselben in dem schönen Aufsatze des Hauptm. v. Cohuusen über den Pallast zu Ingelheim, in den Heften des Mainzer Alterth.-Ver. V, 1852.

Einfluſs bis in die nächste Nähe ihrer Nebenbuhlerinn Mainz er-
streckte.

Aus diesen Beispielen erkennt man deutlich, daſs die am Mit-
telrheine vor Erbauung des Langhauses des Mainzer Doms herrschende Architektur mit letzterer durch den Charakter der Einfachheit und der wesentlich übereinstimmenden Detailbildungen zu-
sammenhängt, aber noch keine Spur des Gewölbesystems zeigt, der
den letzteren so sehr auszeichnet; daſs selbst demselben gleichzeitige Bauten, wie die Kirche zu Ingelheim, hiervon noch uuberührt
blieben. Der Vorzug des Mainzer Meisters ist also unbestreitbar,
mag er denselben dem eignen Nachdenken, oder der Uebertragung
anderweit schon üblicher Formen verdanken. Erst durch die weitere Ausbildung jenes Gewölbesystems bei der Herstellung des Doms
zu Speier erhielt das neue System für jene Gegenden eine breitere
Basis und seine höchste Vollendung. Im Dome zu Worms dagegen erkennen wir schon eine durch häufigere Praxis gewonnene
Uebung, die selbst in Willkürlichkeiten ausartet, woraus man, selbst
beim spärlichen Vorhandensein anderweitiger Monumente, auf häufigere Anwendung des neuen Systems schlieſsen darf.

Aber auch im Dome zu Worms hatte der von Mainz ausgehende
Anstoſs seine Endschaft noch nicht erreicht, wie wir gerade an einigen
anderen Kirchen derselben Stadt sehen können. Die Stiftskirche S.
Martin zeigt im Innern des Langhauses eine Anordnung, die man eine
mit Verstand ausgearbeitete verjüngte Copie des Domes nennen kann*).
Auch hier wechseln Haupt- und Zwischenpfeiler mit einander ab, letztere als einfach viereckige Pfeiler wie im Dome, erstere mit Wandpfeilern und davorgelegten Halbsäulen nach der Vorder- und Rückseite
zu. Die Kapitäle der die Gewölbe stützenden Säulengruppen, ebenso
die Profile der Kämpfer und Gesimse, entsprechen gleichfalls den
ganz ähnlichen Bildungen daselbst. Nur ist Alles hier viel weniger hochstrebend; auch fehlen demgemäſs die aufstrebenden Lissenen über den Zwischenpfeilern, und die von denselben über die
Fenster hinübergreifenden Rundbogenblenden. Diese und andere
Vereinfachungen sind mit Rücksicht auf die nur geringen Maaſse
dieser Kirche und ihrer niederen Verhältnisse sehr angemessen.

---

*) S. auf Bl. V Fig. 9 den Längendurchschnitt einer Gewölbeabtheilung des Mit-
telschiffs, nach demselben Maaſsstabe wie jene der drei Dome, wodurch zugleich das
bedeutende Gröſsenverhältniſs der letztern gegen gewöhnlichere Kirchen deutlich hervortritt. Durch Buchstaben sind auch hier diejenigen Details angegeben, welche seitwärts
in gröſserem Maaſsstabe dargestellt sind.

Aus demselben Grunde erklären sich auch hinreichend eine sparsamere Anwendung der Details und einfachere Bildungen derselben.

Daſs man aber fehlschieſsen würde, wenn man hieraus auf ein älteres Datum der Kirche ·schlieſsen wollte, zeigt sich aus anderen Eigenthümlichkeiten der Architektur. Daſs einige der Pfeilerbündel, am Beginne des Chores, nicht bis zur Erde hinablaufen, sondern auf Consolen ruhen, die durch Verkröpfung der unteren Pfeilergesimse gebildet werden, ist zwar dadurch begründet, daſs der untere Theil der Pfeilerbündel den hier aufzustellenden Chorstühlen hinderlich gewesen sein würde: aber diese ganze Rücksichtsnahme und die sehr gesuchte Weise, in welcher man dem Uebelstande entgegentrat, deutet schon auf ein späteres, so zu sagen gothisches Prinzip hin.· Die gewiſs ursprünglichen Gewölbe haben entschieden gothisirende Grate (obschon noch von einfacher Profilirung).

Noch entschiedener aber zeigt diesen gothisirenden Einfluſs das Aeuſsere *). Die Hauptanordnung der oberen Wände des Mittelschiffs nicht minder wie der unteren der Seitenschiffe zeigt die an deutsch-romanischen Kirchen auch sonst herrschende von senkrechten Lissenen, die unter dem Hauptgesimse durch kleine Rundbögen mit einander verbunden werden. In den Zwischenfeldern liegen, wie gewöhnlich, die Fenster, an Schiff und Seitenschiffen je zwei in einer Abtheilung, im Chore, der ohne dazwischen liegendes Querhaus einfach nur die um zwei quadratische Gewölbeabtheilungen verlängerte Fortsetzung des Langhauses bildet, mit geradliniger Ostwand, je eins. Es ist also dieselbe Anordnung, welche die obengenannten Dome im Wesentlichen gleichfalls in ihrem Aeuſseren zeigen. Am Altarhause oben erleidet diese Anordnung bei S. Martin auch keine wesentliche Abänderung; am Langhause aber erhalten die Lissenen, hart über den Dächern der Seitenschiffe, vermittelst einer schräg vortretenden Abwässerung, eine untere Verstärkung, wodurch sie bereits den Charakter der Strebepfeiler mit Absätzen annehmen. Wenn diese Charakteristik am Mittelschiffe nur sehr mäſsig auftritt, so erscheinen die Lissenen des Seitenschiffs als vollständige von unten bis oben hinauf abgeschrägte Strebe-

---

*) Bl. VI giebt eine Ansicht dieser Kirche von Südosten, mit Andeutung der wichtigsten Details an den durch Buchstaben bezeichneten Stellen.

pfeiler, die erst hart unter dem Rundbogenfriese in die verkürzte
Lissene übergehen, nachdem der schräge Pfeiler erst kurz zuvor
durch ein rohes Profil einen kapitälartigen Abschluſs erhalten hat.
Diese Strebepfeileranlagen sind schon als so wesentlich gothische
Eigenthümlichkeiten zu bezeichnen, daſs es für weitere Schlüsse
dringend nothwendig war, zu erkennen, ob hier nicht etwa, wie so
häufig, ein Zusatz späterer Zeiten stattfindet, um die etwa nachträglich ausweichenden Gewölbe wieder sicher zu stellen. Aber
schon die nur sehr mäſsigen Vorsprünge der oberen Strebepfeiler-
lissenen lassen eine solche Vermuthung nicht zu, und sprechen dadurch auch für Gleichzeitigkeit der verwandten, wenn auch stärker
ausgeprägten Anordnung am Seitenschiffe. Noch mehr erkennt
man dies aber aus der ganzen Anordnung selbst, in der das ursprünglich Absichtliche nicht zu verkennen ist. Die oberen Theile,
so weit wie die Wandvorsprünge als flache Lissenen zu bezeichnen sind, haben dieselbe elegante Profilirung, welche die kleinen
Rundbögen rund umkränzen, und in zierlich ausgesprochener
Weise gerade dort enden, wo der Vorsprung beginnt. Strebepfeiler, Lissenen, Gesimse und alles Mauerwerk sind durchaus aus denselben schönen Steinen von derselben Farbe und Bearbeitung, das
Quadergefüge ist ein allen Theilen gemeinsames und durch alle
gleichmäſsig hindurchgehendes, so daſs nirgend ein Unterschied
oder ein späterer Zusatz zu erkennen ist. Es ist also keinem Zweifel unterworfen, daſs der ganze Bau nur ein einiger ist, der im
Innern zum Theil noch alterthümlichere Formen zeigt, im Aeuſseren aber schon die späteren gothisirenden Bildungen nicht mehr
verleugnen kann. Auch die Portale der Süd- und der Westseite
zeigen sehr späte Profilirungen und Laubwerk-Ornamente in den
Bogenfeldern; das westlichere der Südseite mit kleeblattförmigen
Umschlieſsungen innerhalb gröſserer Rundbögen, beide von den die
Thür begleitenden Einfassungen durch Kapitäle nicht getrennt, hat
Profilirungen, die schon mehr gothisch wie romanisch zu nennen
sind *). In dem Bogenfelde der mittleren Thür der Südseite **)
steht zwischen Laubwerk mit zierlicher Majuskel die Inschrift:
HETRIC⁹ DE O⁹ħ ADVOCΛ⁹. Ich überlasse es mit der Lokalge-
schichte kundigeren Forschern, den Beinamen des Advokaten Hein-

---

*) S. Taf. VI die Thüre i und das Profil derselben α — ζ.
**) S. Taf. VI bei g und h.

rich, und die Zeit zu erforschen, wann er lebte; hierdurch würde zugleich auf die Baugeschichte unserer Kirche ein helleres Licht geworfen werden.

Zunächst aber besitzen wir doch eine Nachricht, welche für unseren Zweck vorläufig schon sehr wesentlich maaſsgebend ist. Schannat (hist. Worm. p. 137) theilt uns aus einem alten Calendarium des Stiftes folgende Nachricht wörtlich mit: *Nonas Sept. Dedicatio hujus Ecclesiae. Anno Dom. MCCLXV. consecrata fuit Ecclesia S. Martini Wormatiae a venerabili Domino Eberhardo Worm. Episcopo Dominica proxima ante festum nativitatis B. Virginis.* Der Neubau wird wohl in Folge einer Zerstörung geschehen sein, die der groſse Brand um 1242 über den gröſsten Theil der Stadt brachte, so daſs nur wenige Kirchen, unter denen allein die S. Andreaskirche genannt wird, ihr entgingen (Schannat p. 374). Dann würde aber der vom Decane Giselher im Jahre 1241 zu Ehren des heiligen Benedict gestiftete Altar auf diesen Neubau noch ohne Bezug sein, wohl aber der 1255 von einer Frau aus dem Hause der Kämmerer von Worms gestiftete Altar des heiligen Bartholomäus, wie denn dieses hochberühmte Geschlecht zur Martinskirche in sehr enger Verbindung stand; vielleicht gehört demselben auch jener Advocatus Heinrich an, da die einzelnen Glieder verschiedenartige Beinamen führten und sich nicht sämmtlich von Dalberg nannten.

Wir sehen aus dieser Nachricht, wie die mittelrheinische romanische Gewölbearchitektur sicher datirt bis in die zweite Hälfte des XIII Jahrhunderts hineinreicht, im Innern noch wenig geändert und nur im Aeuſsern schon mit gothischen Elementen verwachsen, die dem Ganzen sich sehr organisch anschlieſsen.

Ich schlieſse noch ein Gebäude derselben Stadt an, obschon es nicht mehr dem Architekturkreise der drei Dome angehört. Es ist die durch Mollers schöne Darstellung bekannte S. Paulskirche. Daſs die beiden Rundthürme einen entschieden älteren Charakter zeigen als wie der ganze übrige Bau, ist oben schon gesagt worden. Auch Moller erkennt dies an. Daſs dieselben aber noch der ersten Gründung von 1016 angehören sollen, ist schwieriger zu glauben, da die Ausschmückung aller Geschosse mit Lissenen, die durch Rundbögen mit einander verbunden sind, doch für jene frühe Zeit zu systematisch erscheint. Ich halte diese Rundthürme für etwas jünger als wie die beiden westlichen des Domes, die mir ein Rest des 1110 geweihten Baues zu sein schei-

nen; doch finden sich in den oberen Geschossen auch noch wieder
Veränderungen vor, wie namentlich die noch jüngeren Doppelfen-
ster. Der Chorschlufs zeigt in seinen Formen die Zeit der höchsten Blüthe des romanischen Styles an, in seiner Polygonform aber
schon den Uebergang zu den Bestrebungen der Gothik. Dieser
schöne Quaderbau ist also jedenfalls jünger als wie der vorge-
nannte Rest, wo nur Lissenen und Gesimse von Hausteinen, die
Wände selbst aber von Bruchsteinen mit altem Putze ausgeführt
sind, auch die Details fast gänzlich fehlen, welche dort reichlich
und in edlen Formbildungen angebracht sind. Noch jünger, und
in entschiedenem Uebergange zum Gothischen, was auch schon
Moller erkannte (der das Gothische hier als Styl des XIII Jahrhunderts bezeichnet) ist die schöne Vorhalle mit ihrem achteckigen
Kuppelthurme, eine Nachbildung der älteren Vorhalle des Speierer
Domes. Die Formen sind hier zwar noch im Wesentlichen romanisch zu nennen, wie denn auch die ganze Anlage noch diesem
Bausysteme angehört; aber die Details verrathen nur zu sehr die
letzte Anstrengung desselben, ehe die Gothik mit voller Macht
hereinbrach. Die Mittel, welche hierzu benutzt wurden, sind selbst
schon wesentlich der Gothik entlehnt, so die regelrechten Strebepfeiler mit Lilien-gekrönten Giebelspitzen vor den Wandlissenen;
so die grofsen und die kleinen Rosenfenster mit ihrem Maafswerk
von Rund- und Spitzbogenkränzen; so die schlanken Wandsäulchen
mit Kapitälen, die mit je zwei Reihen Knollenblättern geschmückt
sind; endlich alle Profile der Thürgewände, Rosen, Gewölberippen
u. s. w. Das Profil der Thürbögen ist den schon genannten des
Westportals von S. Martin aufs engste verwandt.

Hierdurch schon werden wir ungefähr die Zeit ermessen können, wann dieser westliche Vorbau von S. Paul ausgeführt worden sein mufs, nämlich nach der Mitte des XIII Jahrhunderts.
Wir besitzen aber glücklicher Weise noch eine bestimmte Nachricht darüber, indem wir bei Schannat (a. a. O. S. 121), offenbar
nach guten alten Nachrichten, lesen: *Aliam controversiae materiam
attulit A. MCCLXI Canonicis S. Pauli aliunde jam sat fatalis, quod
eorum Ecclesia simul cum parochiali S. Ruperti, ex antiqua ex-
ustione, usque adeo tunc collapsae essent, ut eas a fundamentis
oportuerit instaurare.* Die hier genannte *antiqua exustio* wird wohl
der schon erwähnte grofse Brand von 1242 sein. Wahrscheinlich
waren nur die Thürme und der Chorschlufs, dessen Erbauung ich
bald nach 1200 annehme, von jenem Brande verschont und brauch-

bar befunden worden, um beim Neubau wieder benutzt zu werden. Letzterer umfafste dann die ganze übrige Kirche; und offenbar zeigt der späteste Styl der Vorhalle, dafs sie jedenfalls erst nach dieser Zeit, d. h. nach 1261, gebaut worden ist. Wenn Moller also sagt, der Brand von 1261 (wie er obige Stelle fälschlich verstand) könne auf die bei ihm abgebildeten Theile der Kirche, ihrer soliden Construction wegen, keinen Einflufs gehabt haben, so kann ich dem nur theilweise zustimmen, da obiger Auseinandersetzung zufolge jene soliden, d. h. gewölbten Bautheile eben erst später entstanden.

VI.

CHRONOLOGISCHE REIHENFOLGE.

Wenn man die im Obigen gewonnenen Resultate zusammen-
stellt, so ergiebt sich die folgende nach der Zeit ihrer Entstehung
geordnete Reihe der noch vorhandenen und im Obigen berücksich-
tigten Gebäude des Mittelrheins.

1009—1037   Dom zu Mainz; davon sind übrig zwei östliche
              Rundthürme.

1030—1042   Kloster Limburg.

1030—1039   Dom zu Speier; Krypta.

   „   —1061   - - -   ; grofser Theil der jetzigen Mauern
              und Thürme.

1090 —   S. Justin in Höchst.

1090 — 1030   Klosterkirche in Lorsch.

1110   Dom zu Worms geweiht; hiervon der untere Theil
              der beiden Westthürme; etwas später 2 Thürme
              von S. Paul daselbst.

1136—1138   Dom zu Mainz; S. Gothardskapelle.

1137—   - - -   ; Langhaus u. östliches Altarhaus.

1154 —   S. Remigius in Ingelheim.

1159—   Dom zu Speier; Gewölbebau nach Brand.

1181   Dom zu Worms geweiht; Altarhaus und Quer-
              haus.

1191—1239	Dom zu Mainz; Herstellung der Seitenschiffe und Westbau.
—1243	Dom zu Mainz; Kapitelsaal.
—1234	Dom zu Worms; Westchor.
1242—1265	S. Martin zu Worms; Neubau.
1261—	S. Paul in Worms; Vorhalle.
1281, 1289	Dom zu Speier; westliches Querhaus, Gewölbe daselbst.

Gedruckt bei A. W. Schade in Berlin, Grünstr. 18.

1.

2.

THUERE I

BOGEN D. THUERE